LE VOYAGEUR DES MONDES

UNE AVENTURE DE SCIENCE-FICTION
FANTASTIQUE POUR JEUNES ADULTES

LA SÉRIE EVERS

TOME QUATRE

MARIE-HELENE LEBEAULT

Je dédie ce livre à moi-même. Si je n'avais pas priorisé ma santé et mon bien-être en 2020, la série Evers n'aurait jamais vu le jour.

"Les gens comme nous, qui croient en la physique, savent que la distinction entre passé, présent et futur n'est qu'une illusion obstinément persistante."

— ALBERT EINSTEIN

Mentions Légales

BEACHES AND TRAILS PUBLISHING
BOOKS THAT MAKE YOU FEEL GOOD

PROLOGUE

Williamsburg, Virginie, 12 janvier 1700

La servante attendait dans l'embrasure de la porte, se tordant les mains avec anxiété. Elle devait s'occuper de sa maîtresse. Lady Evers était morte depuis près de soixante minutes, et il n'était pas convenable de faire attendre son esprit pour passer de l'autre côté.

Mais Sir Evers était toujours agenouillé au chevet de sa femme, serrant sa main, pleurant doucement tandis qu'il implorait sa bien-aimée de revenir à lui.

La sage-femme l'avait pressé de quitter son côté pour que les femmes puissent s'occuper d'elle, le suppliant de venir rencontrer son fils et sa fille, tous deux sains et vigoureux. Lord Evers s'était agité et avait hurlé : — Trouvez une sorcière. Sûrement l'une d'entre elles pourra la ranimer !

La sage-femme avait secoué la tête, posé une main sur son bras et répondu : — Monsieur, les sorcières ont toutes été exécutées, mais même elles vous diraient qu'on ne revient pas d'entre les morts.

Finalement, elle était partie après avoir pris des dispositions pour qu'une nourrice s'occupe des bébés. Bien qu'elle ne fût pas sorcière elle-même, elle soupçonnait que Lady Evers en avait été une, tout comme Annie, sa femme de chambre. En partant, elle avait pris Annie à part.

— Vous voudrez lier la magie des enfants le plus tôt possible. Bien que la chasse aux sorcières soit terminée, je n'ai pas besoin de vous dire que les gens de votre espèce ne seront jamais en sécurité.

Annie avait feint l'ignorance, mais on ne pouvait pas tromper la vieille sage-femme. Elle avait hoché la tête et fermé la porte derrière la femme.

Annie n'était pas aussi habile ni aussi savante que son employeuse, mais il était clair qu'elle devait agir rapidement avant que quelqu'un d'autre n'arrive. C'était une chance que Lady Evers ait accouché au milieu de la nuit. Mis à part Sir Evers, la sage-femme et elle-même, la seule autre personne au courant de la naissance était un valet de pied qu'on avait réveillé pour aller chercher la sage-femme. Après qu'on lui eut demandé d'apporter de l'eau chaude et d'autres articles de la cuisine, il avait été congédié et était promptement retourné se coucher.

Sir Evers pleurait toujours et Annie se retourna. Si elle ne pouvait pas s'occuper de Lady Evers, elle pouvait au moins faire ce que la sage-femme lui avait demandé. Les bébés devaient être protégés.

Les enfants étaient dans des paniers identiques près du feu dans le salon. Annie rassembla ce dont elle avait besoin pour le sort de liaison : une bougie, de la ficelle et une paire de poupées. Elle s'en acquitta rapidement. C'était un sort facile à réaliser. Plus tard, quand elle aurait plus de temps, elle effectuerait également un sort de protection et préparerait des amulettes pour les enfants. Mais pour le moment, ils étaient en sécurité ici, chez eux. Elle toucha doucement leurs joues douces avant de retourner dans la chambre de Lady Evers.

En regardant le Lord en deuil, elle redressa les épaules et entra dans la pièce avec plus d'assurance qu'elle n'en ressentait. Elle saisit fermement le bras de l'homme et tira doucement.

— Monsieur, je dois vraiment insister pour que vous me laissiez m'occuper de ma dame. Son esprit flotte et veut être libéré, implora-t-elle.

Archibald, en entendant parler de l'esprit de sa femme, leva les yeux et fit face à la servante. Elle hocha la tête et écarta doucement son bras du lit.

— Vos enfants sont dans le salon. La nourrice devrait arriver d'un moment à l'autre. Je serai aussi rapide que possible, l'assura-t-elle.

L'homme se leva enfin et déposa un tendre baiser sur le front de sa femme. Il embrassa ensuite la main qu'il tenait toujours et promit de revenir bientôt. Il se dirigea vers la sortie de la chambre mais s'arrêta sur le seuil pour regarder sa femme. La sage-femme lui avait lavé le visage, lissé les cheveux et couvert le corps avec les draps. Elle avait l'air de dormir et pouvait se réveiller à tout moment. Il fit un pas vers elle, mais la servante lui barra le chemin, l'air grave.

— Monsieur, je vous en prie, supplia-t-elle.

Avec un sanglot étouffé, Archibald se retourna et quitta la chambre de sa femme.

EN ENTRANT DANS LE SALON, Sir Evers vit les paniers près du feu. Pensant qu'il avait besoin de se fortifier avant de rencontrer sa progéniture, il se dirigea vers le meuble à alcool. Un verre à la main, il retourna vers ses enfants et s'accroupit pour mieux les voir. Le garçon, enveloppé dans une couverture bleue, dormait paisiblement. Sa tête était couverte d'un bonnet ; il était impossible de voir s'il avait des cheveux. Il était clair, cependant, qu'il ressemblait à sa mère. Il avait son visage rond et son nez délicat. Il regarda la sœur du garçon et fut surpris de voir que ses yeux étaient ouverts. Elle semblait le fixer directement. Il se pencha plus près et sourit. Elle avait réussi à libérer ses mains de la couverture jaune. Il tendit la main et souleva la minuscule main avec son doigt. La main de sa fille se referma fermement dessus. C'était tout ce qu'il fallait à Archibald pour perdre son cœur face à une autre sorcière Evers.

Le charme fut rompu lorsqu'il entendit un bruit dans le hall. Pensant qu'il devait s'agir d'Annie venant le chercher pour le ramener dans la chambre de sa femme, il se leva et laissa son doigt glisser hors de l'emprise de sa fille.

Elle n'en avait rien à faire et se mit immédiatement à pleurer. Pris de panique, il essaya de la calmer, en vain. Cela semblait l'énerver plus qu'autre chose, et bientôt elle avait réveillé son frère.

— Annie ! hurla-t-il.

Où était cette maudite fille quand on avait besoin d'elle ? pensa-t-il.

Et puis il se souvint, et le chagrin s'empara de son cœur et le serra. Il s'agenouilla sur le sol et posa une main sur le ventre de chacun de ses enfants, espérant les apaiser en frottant doucement. Cela sembla les calmer. Il entendit un bruit de pas à la porte et se retourna, pensant qu'Annie était enfin venue à son aide, mais il y avait un homme à la porte. Bien que ce fût l'hiver, l'homme n'avait ni manteau ni chapeau.

Archibald se leva et attendit que le majordome ou un valet de pied apparaisse pour annoncer le visiteur, mais l'étranger était effectivement seul. Il n'avait pas l'air menaçant. En fait, il ressemblait à un érudit avec ses lunettes à monture métallique et ses vêtements étranges. Il y avait quelque chose de très familier chez lui.

Néanmoins, il pensa qu'il valait mieux se placer entre l'étranger et ses nouveau-nés. Archibald s'avança vers lui et s'inclina : — Archibald Evers, à votre service.

Comme l'homme ne répondait pas immédiatement, il ajouta : — Je vous prie d'excuser ma tenue, monsieur, mais, comme vous pouvez le constater, il est minuit passé, et je ne m'attendais pas à recevoir des visiteurs.

L'homme retrouva sa voix et se précipita pour présenter ses propres excuses. — Je suis terriblement désolé. J'ai voyagé et je n'avais pas réalisé l'heure, dit l'homme. — Ce sont vos enfants ? demanda-t-il en faisant un pas vers les paniers.

Archibald fit un pas de côté pour arrêter son avancée. — Peut-être voudriez-vous me dire ce qui vous amène chez moi au milieu de la nuit, dit Archibald, d'un ton distinctement glacial.

— Bien sûr, répondit l'homme. Il recula d'un pas et passa ses doigts dans ses cheveux. — J'ai bien peur que vous ne me croyiez pas, cependant.

Archibald haussa un sourcil. — Peut-être auriez-vous l'obligeance de me donner votre nom, monsieur, dit-il et attendit que l'homme s'explique.

— Je m'appelle Simon Evers, et je suis l'un de vos descendants, dit l'homme.

Comme Lord Evers ne disait rien, il continua : — Je viens de l'année 2004. Il sortit la montre de poche et la tendit à Archibald, dont les yeux s'étaient écarquillés à sa vue.

— Où avez-vous trouvé cela ? demanda-t-il en tendant la main pour le prendre.

Simon le lui laissa. Archibald fixa l'appareil avec un total ahurissement.

Leur conversation fut interrompue lorsque Annie frappa à la porte, jetant un regard inquiet vers l'étranger.

— Monsieur, la nourrice est là. Pouvons-nous emmener les enfants à la nurserie ? demanda-t-elle, hésitant près de la porte.

Il lui fit signe d'entrer et vit que la nourrice était juste derrière elle. Elle fit la révérence en entrant, d'abord à Archibald, puis à son invité. Archibald lui demanda son nom. — Elizabeth, monsieur, mais tout le monde m'appelle Lizzie, fut sa réponse.

— Merci d'être venue, Lizzie. Je suppose qu'Annie vous a parlé de la mère des enfants ? demanda-t-il.

— Oui, monsieur. Je suis terriblement désolée pour votre perte, dit-elle en inclinant la tête avec respect et en se signant. Qu'elle repose en paix.

Il hocha la tête vers elle, puis vers les bébés. Annie et Lizzie prirent chacune l'un des paniers et quittèrent rapidement le salon.

Simon semblait horrifié. Il ouvrait et fermait la bouche sans parvenir à dire quoi que ce soit. Finalement, Simon s'éclaircit la gorge et dit : — Monsieur, mes plus sincères condoléances. Je n'avais pas réalisé. Je devrais prendre congé.

Archibald l'interrompit. — Non, je vous en prie, restez. C'est une distraction bienvenue. Ma femme est morte en couches il y a à peine une heure, et j'ai peur de ne pas être tout à fait prêt à faire face à cette réalité. Je préfère de loin discuter de cette part de fiction, dit-il en indiquant la montre à gousset dans sa main.

— Suivez-moi, dit-il avant de quitter le salon, de descendre le couloir et d'entrer dans le bureau. Il ressemblait exactement à celui de 2004, sauf que les meubles semblaient flambant neufs.

Archibald s'approcha du bureau et ouvrit l'un des petits tiroirs verrouillés. Il était vide. Il avait mis la montre à gousset en sécurité dans ce tiroir la semaine dernière. Il lança un regard accusateur à Simon.

— Ce n'est pas là que je l'ai trouvée, dit Simon, qui se dirigea vers l'une des bibliothèques allant du sol au plafond, ses doigts tâtant le dessous du panneau en bois. Trouvant l'endroit qu'il cherchait, il appuya dessus, et un compartiment caché s'ouvrit. Il était vide.

Archibald se leva du bureau et vint examiner le compartiment. — Comment saviez-vous que c'était là ? demanda-t-il, stupéfait. Et d'ailleurs, comment la montre s'est-elle retrouvée là ?

— C'est une longue histoire... répondit Simon.

— Incroyable, répliqua Archibald en hochant la tête. Y en a-t-il d'autres ?

Simon fit le tour de la pièce et ouvrit cinq autres compartiments cachés. Deux d'entre eux contenaient des objets. Le premier était une bourse en velours contenant un assortiment de pierres précieuses. Les gemmes semblaient authentiques, et la bourse était lourde. Archibald empocha la bourse et regarda l'autre compartiment. Celui-ci contenait les actes de propriété de plusieurs parcelles de terrain dans la région. Il semblait que feu Lord Evers avait plus d'un tour dans son sac. Archibald remit les actes dans le tiroir. Il n'en avait pas besoin dans l'immédiat, mais peut-être s'avéreraient-ils utiles à l'avenir.

Il se tourna vers Simon et lui désigna l'un des fauteuils. Simon accepta le verre qu'Archibald plaça devant lui. Simon leva son verre et dit : — À Lady Emmeline, qu'elle repose en paix.

Archibald acquiesça d'un signe de tête et fit tinter son verre. Les deux hommes burent leur bourbon et parlèrent jusqu'au matin.

CHAPITRE I

JACKSON

Quand Lola est revenue de l'Académie avec Devlin à la remorque, Jackson s'est immédiatement méfié du nouveau membre de la famille. Cependant, après avoir fait ses recherches, il était d'accord avec l'avocat ; Devlin semblait légitime.

Mais à partir de ce moment-là, tout le monde a commencé à agir comme s'il était superflu. Bien sûr, ils faisaient comme s'ils lui rendaient sa liberté et le laissaient voler de ses propres ailes. Mais être exclu de la seule famille qu'il ait jamais connue lui faisait mal.

Quand Phyllis lui avait parlé de Lola, il ne l'avait pas bien pris. Il nc l'avait pas montré, bien sûr. Phyllis était si excitée à l'idée d'avoir sa nièce perdue de vue qui venait habiter chez elle. Phyllis était une personne si merveilleuse, et Jackson l'aimait comme si elle était sa tante. Mais elle ne l'était pas. Elle était la tante de Lola. Et bien qu'il ait été traité comme un membre de la famille depuis son enfance, la vérité était qu'il était l'enfant des gardiens. Au mieux, il était un cas de charité. Au pire, il était le personnel.

Et maintenant que Devlin était là, ils n'avaient plus besoin de lui. Maintenant, il se sentait stupide d'avoir retardé l'université pendant si longtemps. Certes, Phyllis avait prépayé ses frais de scolarité, et il avait de l'argent de côté. Mais il avait deux ans de retard. Bonnie et les autres allaient obtenir leur diplôme cette année, et il n'avait même pas commencé l'université. Il n'était même plus sûr de vouloir encore étudier le commerce à l'UVA maintenant qu'il ne serait plus le gestionnaire du domaine des Evers.

Déprimé et confus, il avait contacté Bonnie à la fête de Patty. Elle lui avait suggéré de la rejoindre pour un week-end à la plage, de se vider la tête et de prendre du recul.

— Écoute, je comprends que tu te sentes exclu, dit-elle en se retournant sur le ventre alors qu'ils bronzaient. Mais ce n'est pas comme si Phyllis t'avait mis à la porte. Prends des vacances, vois le monde, amuse-toi !

Comme il commençait à objecter, elle ajouta :

— Tu n'as que dix-neuf ans ! L'université sera toujours là quand tu reviendras. Et, honnêtement, ta vie est nulle. Je veux dire, tu as plus de responsabilités que mes parents. Tu dois te détendre !

Jackson réfléchit à cela pendant un moment. Il aimait sa vie. C'est vrai, la plupart de ses amis étaient soit en train de faire la fête à l'université, soit en train de travailler à des petits boulots faciles pour gagner de l'argent pour leur prochaine aventure. Il avait de la chance d'avoir une si belle maison, un poste qu'il aimait et dans lequel il était bon, et beaucoup d'argent. Bien sûr, il devrait faire ce voyage. Profiter de ce qui restait de sa jeunesse.

— Tu as raison. Mon gros problème n'est pas que je sois en retard à l'université ; c'est que je suis en retard sur mon quota de décisions discutables et de bêtises stupides, dit-il à Bonnie en prenant une bière dans la glacière, ouvrant la canette et la buvant d'un trait. Bonnie se mit à huer et prit elle aussi une bière, bien qu'elle n'en prît que quelques gorgées par solidarité. Ils passèrent le reste du week-end à perdre leur temps avec les locaux, à trop manger lors des barbecues sur la plage et à danser toute la nuit lors des feux de camp sur la plage.

Quand Jackson était rentré tard dimanche soir, il s'était détendu et se réjouissait de commencer une toute nouvelle vie.

LE LUNDI MATIN, Jackson rencontra Phyllis et les nouveaux gardiens, John et Sally. Ils passeraient la semaine à se former avec Jackson et Marie et emménageraient le week-end suivant si tout se passait bien.

Jackson aimait bien John, mais il était mal à l'aise à l'idée de lui donner accès à tous les protocoles de sécurité. M. Radcliff avait dit que lui et Sally avaient été contrôlés et qu'on pouvait leur faire confiance avec tous les secrets des Evers. Mais que savait M. Radcliff de ce que Jackson savait ?

Après avoir fait le tour du domaine avec John, Jackson le mit au travail dans le garage. Les voitures devaient subir leur nettoyage mensuel et leur mise à niveau. Cela l'occuperait pendant quelques heures.

Jackson se rendit dans son bureau dans l'appartement au-dessus du garage. C'est là que se trouvait le centre de commande. Il faudrait le déplacer soit vers le cottage des gardiens, soit vers le bureau de la maison principale. Mais pour l'instant, c'était Jackson qui le contrôlait.

Devlin, Lola et Phyllis passaient beaucoup de temps derrière des portes closes ces derniers temps. Au début, il pensait qu'ils voulaient juste avoir un peu d'intimité pour discuter de questions familiales. Mais maintenant, il avait l'impression que quelque chose se tramait. Ils ignoraient que l'équipement de sécurité et de surveillance du domaine ne se limitait pas aux terrains.

Toutes les pièces, sauf les salles de bains, étaient équipées de caméras. Les caméras des chambres n'enregistraient pas un flux vidéo continu, car cela aurait été intrusif. Cependant, le flux était en direct. L'un de ses écrans montrait une vue tournante des chambres, deux à la fois, et l'ordinateur prenait une photo fixe au hasard une fois par heure. Aucun des flux vidéo n'avait de son.

Jackson passa en revue les flux extérieurs enregistrés depuis son départ vendredi. Tout semblait en ordre. Il examina ensuite les flux intérieurs, gardant les chambres pour la fin. Tout était calme jusqu'à ce que la famille revienne de la fête de la Maison. Jackson regarda le flux en accéléré jusqu'à ce que quelque chose attire son attention. Phyllis, Lola et Devlin étaient dans la bibliothèque et semblaient avoir une discussion animée. Leur carnet de bord était sur le bureau, ainsi que la montre de poche et la bille. D'après les flux de la semaine dernière, Jackson savait que c'étaient de nouveaux éléments dans les secrets de la famille. Personne n'en avait discuté avec lui, et il n'avait vu aucun d'entre eux voyager ouvertement non plus. Il ne pouvait se défaire de l'impression que quelque chose de terrible allait se produire.

On frappa à la porte, alors Jackson afficha le flux du garage. John travaillait dur, en train de cirer la Maserati de Simon. *Peut-être que c'est Lola*, pensa-t-il en se levant pour aller ouvrir la porte.

Mais quand il ouvrit la porte, ce n'était pas Lola. C'était Simon !

— Que fais-tu ici ? siffla Jackson en tirant Simon dans son appartement et en fermant rapidement la porte. John t'a vu ?

Simon rit en regardant John sur l'écran. Le nouveau gardien appréciait visiblement la tâche qu'il effectuait.

— Eh bien, bonjour à toi aussi ! s'exclama Simon. Je vois que tu es très occupé à espionner ma famille, ajouta-t-il avec un sourire malicieux.

Les sourcils de Jackson se froncèrent davantage tandis qu'il passait mentalement en revue plusieurs réponses possibles.

— Je plaisante, Jackson, dit Simon en lui tapant sur l'épaule. Détends-toi, je ne suis pas là pour te punir !

Jackson soupira, redressa les épaules et décida de recommencer à zéro.

— Bonjour, Simon. Je suis content de vous voir. Que puis-je faire pour vous ? dit Jackson aussi calmement qu'il le pouvait.

— J'essaie de voir Phyllis seule depuis une semaine. Qui sont tous ces gens dans la maison ? Que se passe-t-il ? Quelle est la date d'aujourd'hui ? demanda Simon, ses questions fusant comme des balles.

Jackson l'invita à s'asseoir dans le salon et le mit au courant de ce qui s'était passé depuis l'anniversaire de Lola. Simon n'avait pas l'air surpris. Il sortit un morceau de papier plié de sa poche. Jackson reconnut une lettre de Voyage. Simon la lui tendit pour qu'il la lise.

— J'ai reçu ça hier soir, dit-il tandis que Jackson parcourait la lettre.

— Avez-vous laissé la Montre à Gousset pour qu'ils la trouvent ? demanda Jackson, levant les yeux de la lettre.

— Non, je l'ai laissée tomber ! répondit Simon.

— Alors où étiez-vous depuis que vous l'avez laissée tomber ? demanda Jackson, curieux de voir si Lola et les autres avaient deviné juste.

— J'ai fait des recherches dans le grenier, j'ai fait des allers-retours dans ma chambre et celle de Phyllis, et j'ai passé mes nuits dans l'appartement de Londres, expliqua Simon.

Jackson hocha la tête et regarda à nouveau la lettre. — Et Devlin ? Lui avez-vous envoyé une clé et la bille ?

Simon se frotta le front et demanda si Jackson avait de l'alcool dans la maison. Jackson leva un sourcil. Il regarda sa montre. Il était onze heures trente. — J'ai de la bière, proposa-t-il. Simon acquiesça, et Jackson se leva pour lui en chercher une. Il était un peu trop tôt pour lui. De plus, il avait encore une journée de travail complète à faire.

Simon saisit la bouteille et en prit une longue gorgée. Il soupira et dit : — Pas encore.

Devant l'expression confuse de Jackson, Simon continua : — J'ai beaucoup voyagé dans le futur et j'essaie de garder une trace de ce qui se passe. Jusqu'à présent, vous avez été ma meilleure source d'information.

Jackson se demanda s'il ne devrait pas prendre une bière après tout. — Que voulez-vous dire ?

— Essayez de vous rappeler que, techniquement, nous sommes en 2004 pour moi. Quand je voyage dans le temps, je ne le fais pas toujours chronologiquement. Je vois maintenant qu'il aurait été plus simple de garder une trace des choses de cette façon. Mais il y a eu une petite courbe d'apprentissage dans l'utilisation de la Montre à Gousset, dit Simon, souriant avec ironie comme s'il riait d'une blague privée.

— À propos de la Montre, interrompit Jackson. Pourquoi avez-vous dit à Lola et Phyllis que vous ne saviez pas comment vous aviez réussi à voyager dans le temps ? Pourquoi ne leur avez-vous pas montré la Montre ? Et pourquoi avez-vous dit que vous ne pouviez voyager que jusqu'au seizième anniversaire de Lola alors que celui-ci est passé ?

— J'y reviendrai. Donc, comme je le disais, j'ai fait des bonds en avant dans le temps puis je suis revenu en arrière jusqu'à ce que je trouve un moment précis. Évidemment, vous ne vous souvenez pas des conversations que j'ai eues avec vous dans le futur, expliqua Simon.

Jackson forma un 'O' silencieux avec sa bouche et s'enfonça davantage dans les coussins.

— Avant d'apporter la Clé et la Bille à Devlin, j'ai besoin de savoir si tout s'est bien passé ou si je dois faire les choses différemment, dit-il.

Jackson haussa les épaules et dit : — Jusqu'ici, tout va bien, je suppose.

Simon hocha la tête d'un air sombre. — À partir d'aujourd'hui, oui, tout va bien. Mais la semaine prochaine, ce sera l'enfer !

Jackson se leva et commença à faire les cent pas. — Est-ce que je veux vraiment savoir ? demanda-t-il avec une expression douloureuse.

— Quelqu'un cherche à s'emparer de la Montre à Gousset et de la Bille, dit-il. Pour être précis, un groupe de personnes.

— Qui ? demanda Jackson.

— J'ai besoin d'un peu plus de temps pour enquêter. La seule chose dont je suis sûr cette fois, c'est que vous n'êtes pas du tout impliqué, dit Simon.

Jackson vérifia l'heure et vit qu'il était presque midi.

— Simon, je dois retourner auprès de John et l'emmener à la cuisine pour déjeuner avec Sally et Marie. De plus, Phyllis veut me voir après le déjeuner pour planifier la semaine. La famille part en mini-vacances cette semaine. Disney, je crois. Donc il n'y aura que le personnel pendant quelques jours si ça peut aider. Pouvons-nous continuer cette conversation plus tard dans la journée ? demanda-t-il.

Simon acquiesça. — Ça me semble parfait. Si tout le monde déjeune, personne ne devrait être dans ma chambre. Je vais y faire un saut et je vous retrouverai plus tard, dit-il en faisant apparaître sa porte.

Après son départ, Jackson s'aspergea le visage d'eau froide et se dirigea vers le garage.

CHAPITRE 2

SIMON

Simon ne voulait pas mourir. Bien qu'il sache que la vie éternelle était peut-être un peu trop ambitieuse, il pensait au moins avoir droit à quelques années de plus. Il avait essayé la chimiothérapie et la radiothérapie. Il avait essayé un régime exclusivement composé de fruits.

Chaque fois qu'il faisait un bond dans le futur, il découvrait de nouveaux protocoles à essayer. Jusqu'à présent, les seules choses qui fonctionnaient et étaient facilement accessibles en 2004 étaient des doses massives de vitamine C et de *méthylsulfonylméthane*. Mais les progrès étaient lents, et il avait besoin d'un miracle.

Maintenant qu'il avait rencontré sa fille et découvert qu'il avait un fils, il était plus déterminé que jamais à trouver un remède.

Chaque fois qu'il faisait un bond en avant, il s'assurait toujours de voir Jackson. Le garçon avait la tête sur les épaules et n'était pas aussi émotif que Phyllis et Lola. Cependant, lorsqu'il n'était pas allé plus loin que le printemps 2021, Jackson était introuvable. À la place, il avait vu que Phyllis avait engagé un couple qui vivait dans le cottage des gardiens. Son appartement ne semblait pas habité. Peut-être était-il à l'université.

De retour en 2020, une recherche rapide de Phyllis n'avait donné aucun résultat. Peut-être qu'elle voyageait ou passait du temps avec Boris. Il supposait que Lola et Devlin étaient à l'Académie. Ce qui était étrange, c'était que le Manoir avait un air distinctement vacant. Tout était propre et épousseté. Mais il n'y avait pas de biscuits dans le bocal de la cuisine, pas de collations dans la pool house, et pas de vieux journaux dans la poubelle de recyclage. La maison semblait vide.

Les gardiens étaient rentrés chez eux pour la journée. Simon se sentait en sécurité pour déambuler dans la maison. Il alla dans la chambre de Lola, prit son ordinateur portable et se dirigea vers la salle de bains. C'était la seule pièce que Jackson avait déclarée à l'abri des caméras de surveillance. Si John avait pris la relève de Jackson, Simon devrait être plus prudent. Il se fit une note mentale de vérifier auprès de l'avocat.

En attendant, il se connecta à Internet pour rechercher de nouveaux traitements contre le cancer. Il ne semblait pas y avoir de nouveautés. Ensuite, il chercha des pages relatives aux effets du voyage dans le temps. Outre les sites web de science-fiction habituels, il trouvait parfois d'intéressants doctorants en psychologie ou en philosophie qui étudiaient l'éthique et les effets des tentatives de changer le résultat d'un événement passé. Il avait eu de nombreuses discussions fascinantes au fil des années.

Il n'avait pas partagé sa découverte de la Montre de Poche, ses sauts dans le temps, ou sa recherche d'un remède avec Phyllis. Il ne voulait pas lui donner de faux espoirs. Il espérait aussi pouvoir trouver un remède, retourner dans le passé et étouffer le problème dans l'œuf. Maintenant qu'il savait qu'Elaine, la mère de Lola, était morte d'un cancer, il voulait partager le remède avec elle. Mais il avait besoin d'en savoir plus sur les implications de telles actions. Si elle ne mourait pas, Lola ne déménagerait pas en Virginie. Peut-être qu'elle serait venue d'elle-même quand elle aurait reçu sa lettre pour son dix-huitième anniversaire. Mais cet événement avait déclenché une chaîne d'événements menant à l'Académie et à Devlin.

Il avait envisagé de prendre le remède quand il le trouverait et de retourner dans le passé après sa mort pour reprendre sa vie incognito, mais cela semblait trop compliqué pour les membres de sa famille. Il y avait aussi l'option d'accepter sa mort, mais cela allait à l'encontre de chaque fibre de son corps. Outre le désir de passer du temps avec ses enfants, Simon avait soif de résoudre des mystères.

Trouver la Montre de Poche il y a toutes ces années dans l'un des compartiments cachés du bureau avait été un coup de chance. Dans un moment de colère et de désespoir après un autre cycle de chimiothérapie épuisant et infructueux, Simon avait frappé du poing le lambris en bois en s'appuyant contre la bibliothèque. Il avait entendu un léger pop et senti le contour du petit tiroir qui dépassait.

Momentanément sorti de son apitoiement, il s'était agenouillé pour examiner. En effet, il y avait un compartiment caché. Précautionneusement, il l'ouvrit pour révéler une pochette en velours. Elle était lourde. En défaisant les cordons, il trouva ce qui ressemblait à une montre de poche en or antique. Elle était stupéfiante. La gravure était complexe et magnifique, mais révélait aussi sa véritable origine. C'était clairement un héritage des Evers. Pourquoi était-elle cachée dans le compartiment ? Avait-elle une valeur au-delà de sa valeur en or ?

Simon remit la Montre dans la pochette et la mit dans sa poche. Il l'examinerait plus tard. Pour l'instant, il était obsédé par la recherche d'autres compartiments cachés. Quand Phyllis entra pour un dernier verre et lire au coin du feu, il dut interrompre ses explorations. Ils appréciaient toujours ce moment ensemble.

Ils voyageaient tous les deux beaucoup à l'époque, manquant souvent les repas à la maison. C'était leur moment spécial. Même quand tout ce qu'ils faisaient était de lire dans un silence complice. Il se demandait souvent s'il était étrange pour deux personnes d'une trentaine d'années de rester à la maison chaque soir avec leur frère ou sœur, en savourant un verre de cognac. Cela n'avait pas vraiment d'importance.

Il avait fallu à Simon une semaine entière pour fouiller le bureau. Il trouva deux autres compartiments cachés dans la bibliothèque. Il en trouva un autre sous l'une des lattes du plancher en bois dur sous le tapis devant la cheminée. Encore un autre quand il tourna l'une des têtes de lion sculptées sur le manteau de la cheminée.

Quand il n'était pas dans le bureau, il était dans sa chambre à étudier la Montre de Poche. Il devint évident que c'était un dispositif utilisé pour le voyage dans le temps. Bien que curieux de nature, Simon n'avait jamais été particulièrement studieux. Cependant, il était maintenant motivé pour en apprendre le plus possible sur la montre et son utilisation. Le voyage dans le temps résoudrait tellement de ses problèmes !

Il voyagea dans toutes les grandes bibliothèques du monde, puis dans celles des universités, puis dans les librairies et les boutiques traitant de sujets arcanes et magiques. Il finit par trouver son bonheur à Bethlehem, en Pennsylvanie, dans une petite librairie appelée Moravian Bookshop. Non seulement la librairie avait un large choix de livres pertinents, mais les visites répétées de Simon avaient piqué la curiosité d'une des vendeuses. Chaque fois que Simon apparaissait, elle avait une sélection de livres mis de côté à lui montrer. Il lui avait dit qu'il était un étudiant diplômé travaillant sur une thèse sur les antiquités réputées avoir des capacités magiques. Qu'elle l'ait cru ou non, son aide avait été inestimable.

Une fois, alors qu'il examinait ses dernières trouvailles, elle s'approcha de lui et lui présenta Shawna. Shawna était aussi une étudiante de premier cycle, et elle étudiait les artefacts magiques. Shawna était plus jeune que Simon de quelques années. Il l'estimait à environ vingt-deux ans. Ils se serrèrent la main, et la vendeuse retourna à son travail.

— Alors, c'est quoi votre truc ? demanda-t-elle après que Nathalie, la vendeuse, fut partie.

— Je vous demande pardon, madame ? répondit Simon avec son accent du Sud le plus prononcé.

— Garde ton charme du Sud pour Nathalie. Je ne marche pas. Il n'existe pas de diplôme universitaire en quoi que ce soit de magique, dit-elle, les mains sur les hanches.

— Alors qu'étudies-tu vraiment ? demanda Simon, avec un air d'innocente perplexité sur le visage.

— Je ne suis pas étudiante, et je suis prête à parier que toi non plus, affirma-t-elle en examinant ses vêtements coûteux. Ce n'est pas une bibliothèque ici, et ces livres ne sont pas donnés, dit-elle en déplaçant le livre du dessus pour voir le titre de celui en dessous. Aucun étudiant ne pourrait se les offrir.

Simon prit un moment pour observer son accusatrice. Elle était jolie, mais semblait vouloir le cacher. Ses cheveux châtains étaient lisses et tombaient librement dans son dos. Elle ne portait ni maquillage ni bijoux. Sa tenue était très banale : un jean, des bottes en cuir, une ceinture et un t-shirt gris. Bien qu'elle agisse avec désinvolture, elle semblait beaucoup trop intéressée par les livres de Simon. Il redressa la pile et ramassa les livres.

— Je ne vois vraiment pas en quoi cela vous regarde, répondit-il en se dirigeant vers les caisses. Bonne journée, madame.

— Ça me regarde si tu veux mon aide, dit-elle alors qu'il passait.

Simon s'arrêta, se retourna et sourit. — Et pourquoi, je vous prie, aurais-je besoin de votre aide ? demanda-t-il aussi hautainement qu'il le pouvait.

Elle haussa les épaules et regarda ses ongles inexistants. — Parce que je connais quelqu'un qui peut te dire comment utiliser ta Montre, dit-elle en levant les yeux pour croiser son regard.

Cela attira son attention. Il hésita à demander de quelle Montre elle parlait. Elle leva un sourcil comme si elle lisait dans ses pensées. Finalement, tout ce qu'il put dire fut : — Dis-m'en plus.

Il s'avéra que la personne à laquelle Shawna faisait référence était sa petite amie, le professeur Emma Ballantyne. Elles devaient être discrètes car leur relation était doublement interdite. D'abord, parce que le mouvement LGBT avait encore du chemin à faire avant que les lesbiennes puissent s'afficher dans le milieu universitaire. Et ensuite, parce que même s'il n'y avait pas de lois contre les relations consensuelles sur le lieu de travail à l'époque, fréquenter ses subordonnés était mal vu.

Une fois qu'elle vit que Simon ne représentait aucune menace ni pour sa relation ni pour sa position à l'université, Shawna le présenta à Emma.

CHAPITRE 3
LIANON

L'île de Summerset restait l'un des endroits les plus magnifiques que Lianon ait jamais visités. Maintenant qu'il passait la majeure partie de son temps à l'Académie, le Directeur appréciait vraiment de rentrer chez lui. Il rentrait généralement pour deux semaines après le semestre d'automne et pour un mois après le programme d'été. Puis il restait généralement à l'Académie après le trimestre d'hiver pour préparer le programme d'été et le prochain programme d'automne. Lady Samsara rentrait chez elle après le trimestre d'hiver, puis prenait deux semaines supplémentaires de congé après le programme d'été. Elle supervisait tout ce qui se présentait avant le début du trimestre, et le Directeur revenait.

Le monde que les Anciens avaient créé pour l'Académie était volontairement petit, afin que les étudiants se sentent en sécurité et qu'il soit facile de les surveiller.

Il n'y avait jamais ce sentiment d'espace et de pureté sur Terre, où il existait pourtant quelques endroits magiques. Lianon aimait les humains, mais ils avaient l'habitude de détruire leur habitat même avec les meilleures intentions.

Summerset était un endroit que les humains ne visitaient pas très souvent, et s'ils le faisaient, ce n'était jamais pour longtemps. Mais ceux qui venaient étaient émerveillés. Non seulement à cause de la végétation luxuriante, des plans d'eau immaculés et du ciel sans tache. Mais aussi pour sa taille impressionnante — un monde fait pour des géants.

Les Hauts Elfes adultes atteignaient deux mètres dix. Les Elfes Anciens dépassaient souvent les deux mètres soixante-dix. Toutes les habitations et les espaces communs avaient des portes et des plafonds hauts. Les arbres s'élevaient à environ trois mètres soixante. Des créatures sauvages erraient librement. Bien que la plupart soient amicales, certaines étaient si grandes qu'elles pouvaient écraser un humain par inadvertance sur leur passage.

Il venait à peine de s'asseoir pour jouer de la harpe quand il fut convoqué au Haut Conseil. *Que se passe-t-il encore ?*

Il se leva et jeta un regard désolé à son instrument avant de se diriger vers l'Édifice du Conseil. C'était une courte promenade car son habitation était proche du centre. À son arrivée, il salua ses compagnons Hauts Elfes et les Anciens qui siégeaient au Conseil.

Saruir, l'actuel Chef du Conseil, lui fit signe de s'asseoir et lui indiqua de regarder le mur. Immédiatement, la surface de pierre se transforma en un écran avec un point bleu pulsant. Cela signifiait la Terre. Saruir fit un geste de la main, et le point zooma sur la Terre, puis sur l'Amérique du Nord, puis sur les États-Unis. La tête de Lianon s'inclina vers ses genoux. Il avait le pressentiment de savoir où cela allait mener. La carte continua de zoomer jusqu'à atteindre la périphérie de Williamsburg, en Virginie.

Avant que Saruir ne puisse dire quoi que ce soit, Lianon se leva et leva une main. — Je reviens tout de suite.

Il se dirigea vers le même mur et, d'un geste de la main, le transforma en un portail dans lequel il s'engouffra. Il fut absent pendant environ vingt minutes. Par mesure de sécurité, il se rendit d'abord à son bureau à l'Académie, puis au Manoir Evers. Les enfants furent visiblement étonnés de le voir. Après les avoir dûment réprimandés, Lianon retourna à son bureau, puis au Conseil pour faire son rapport sur son expédition.

— Pensez-vous qu'ils remettront les artefacts ? demanda Aeriearie, l'un des plus jeunes membres du Conseil.

Lianon secoua la tête. — Je ne pense pas. Bien que j'aie fait tous les efforts possibles pour gagner leur confiance, le fait est qu'ils sont encore très jeunes et n'ont personne pour les guider correctement.

— Qu'en est-il de la tante, Phyllis ? N'est-elle pas une tutrice appropriée ? Devrions-nous en désigner une autre ? demanda Saruir.

— Je l'ai rencontrée à plusieurs reprises. C'est une femme charmante et une tutrice convenable dans le sens où elle aime sa nièce et son neveu et fera tout ce qu'elle peut pour assurer leur bien-être et leur bonheur, répondit Lianon. Mais comme elle n'a jamais fréquenté l'Académie et ne connaît rien de l'histoire ou du patrimoine des Voyageurs, elle n'est pas en mesure d'offrir des conseils magiques, pour ainsi dire. J'espérais remplir ce rôle jusqu'à ce qu'ils arrivent pour le trimestre d'automne.

— Peut-être aurait-il dû être obligatoire pour elle d'assister également au programme d'été, suggéra Rumena. Cela provoqua quelques rires dans l'assemblée.

— Je lui ai donné un exemplaire du Manuel du Voyageur, et je suppose que les enfants la mettront au courant des aspects les plus importants de la magie. Ce qui m'inquiète, c'est le fait qu'aucun d'entre eux ne semble savoir à qui faire confiance. Phyllis a été kidnappée il y a quelques mois, et la semaine dernière encore, la maison de ville de Devlin a été mise à sac. Ils sont compréhensiblement méfiants envers quiconque s'intéresse à leurs artefacts, y compris moi.

— N'ont-ils aucune autre guidance ? demanda Saruir.

— Ils ont des avocats. J'ai parlé aux deux Radcliff. Au début, ils n'étaient pas très coopératifs. Nous avions effectué des recherches approfondies et avions pu retracer leur implication avec le tout premier Evers à Williamsburg : Lord John Evers. Phyllis nous a fourni une copie de leur arbre généalogique. Ce qui était étrange, c'est que Lord Evers n'avait qu'un seul enfant, une fille nommée Emmeline Evers. Selon les coutumes humaines de l'époque, elle aurait dû prendre le nom de son mari. Mais sur l'arbre généalogique, son mari est enregistré comme Archibald Evers. Comme il était également courant à l'époque que les cousins se marient, nous avons supposé que c'était le cas, mais nous n'avons trouvé aucune trace d'un Archibald Evers. D'autres efforts ont été déployés, et nous avons trouvé leur certificat de mariage. Emmeline Rose Evers a épousé Archibald Phineous Langly le 21 avril 1698.

Lianon s'arrêta de parler en entendant les halètements collectifs autour de la salle.

— Langly ! N'est-ce pas celui qui a disparu du Conseil des Anciens et n'a jamais été retrouvé ? demanda Rumena.

— N'est-il pas mort de la peste avec sa femme et son enfant ? demanda Aeriearie.

— Il semblerait que non. Et je parierais qu'il a fait copier ou traduire l'Archivum en anglais à un moment donné, car les Evers en possèdent leur propre copie. J'ai demandé un rendez-vous avec l'avocat des Evers. Une fois que j'ai partagé nos découvertes avec eux, ils sont devenus coopératifs. Il semble qu'ils aient un coffre-fort magique dans leurs bureaux. C'est là que résident le Répertoire des Evers, les Archives, la Montre Temporelle et la Sphère lorsqu'ils ne sont pas utilisés par le Gardien. C'est vraiment très bien fait. Je n'ai pas pu y pénétrer.

Saruir caressait sa barbe blanc argenté. — Cela soulève beaucoup plus de questions, dit-il. Les avocats ont-ils pu apporter des éclaircissements sur la provenance de leur coffre-fort magique ?

— Il semble que le premier M. Radcliff, George, était très épris de Lady Emmeline, mais elle avait repoussé ses avances. En raison du secret professionnel entre avocat et client, Lady Emmeline l'avait choisi comme confident. George Radcliff tenait des notes détaillées de chacune de ses rencontres avec tous ses clients. Toutes ses réunions avec Lord Evers concernaient le domaine. Cependant, ses entretiens avec Lady Emmeline révélaient une histoire fantastique.

— Sa mère, Rose Analise Evers, née Harding, était une sorcière. Elle est morte en couches en 1683. L'enfant, un garçon, n'a pas survécu. Mademoiselle Rosetta Foley, la nourrice d'Emmeline, était également une sorcière et a été plus tard remplacée par une gouvernante nommée Sara Sharp, elle aussi sorcière. D'après les notes de M. Radcliff, il semble que Lord Evers soit resté ignorant du fait que sa femme et sa fille, ainsi que leur entourage de domestiques, étaient des sorcières.

Lorsque Lady Emmeline a épousé Archibald Langly, elle n'avait que seize ans, mais s'était déjà révélée être une sorcière accomplie. C'est peut-être pour cela qu'elle a pu garder son père et la plupart des gens dans l'ignorance. Elle s'est cependant révélée à son mari après qu'il eut changé de nom et l'eut mise enceinte. Il l'a bien pris. Il semble qu'il se soit alors révélé comme un Voyageur et ait avoué les événements qui l'avaient conduit aux Colonies. En entendant le récit de son mari, Lady Emmeline a commandé un coffre-fort en fer, qu'elle a ensuite enchanté.

— Le coffre-fort, installé dans les bureaux des Radcliff pour s'assurer que le contenu était loin du manoir des Evers au cas où celui-ci serait saisi ou fouillé, contenait les artefacts des Evers et d'autres petits objets de valeur. L'enchantement permettait à tout avocat Radcliff autorisé d'accéder au contenu au nom de leurs clients Evers.

— Comment savaient-ils si un avocat Radcliff était autorisé ? demanda Rumena.

— C'est en fait un sort assez simple, répondit Lianon, visiblement impressionné. L'enchantement couvrait à la fois le renouvellement des avocats Radcliff et des nouveaux Gardiens Evers. Chaque fois qu'il était temps pour l'un ou l'autre de ces rôles d'être transmis au suivant, une courte cérémonie avait lieu. Je n'ai pas les détails, car c'est une cérémonie secrète, mais elle implique de poser une main sur l'Archivum et de réciter une Incantation.

— Fascinant, dit Saruir, et les autres acquiescèrent.

— Elle a également enchanté les artefacts pour qu'ils puissent être téléportés vers et depuis le coffre-fort par le Gardien, ajouta Lianon.

— Un ajout astucieux, pas si différent de la façon dont les clés sont renvoyées au Dépôt lorsqu'elles sont perdues ou révoquées, intervint Aeriearie avec amusement. Il semble qu'Archibald se soit allié à une bonne sorcière. Les artefacts ont-ils été mal utilisés par le couple ?

— Il n'a jamais utilisé la Sphère, et il n'y a aucun moyen de savoir s'il a utilisé la Montre Temporelle pour le bien ou le mal. De plus, ils ont eu très peu de temps ensemble, car Lady Emmeline est morte en couches, répondit Lianon.

Rumena parcourut l'Arbre généalogique et demanda : — Qu'est-il advenu des jumeaux, Oleander et Anemone ? Avaient-ils les capacités magiques de leur mère ?

— Les journaux ne mentionnent pas leurs capacités magiques. Je pense qu'une autre sorcière a peut-être lié leurs pouvoirs peu après leur naissance. Ou peut-être que les Radcliff ont choisi de ne pas divulguer cette information. Oleander est devenu le prochain Gardien, et les journaux relatent ses relations avec George, puis avec son fils George Junior.

Le Conseil discuta longuement des Evers, et de nombreuses suggestions furent faites, bien qu'aucune décision ne fût prise. En fin de compte, ils se mirent d'accord. Il était temps d'adresser une invitation à la famille Evers.

CHAPITRE 4

EDWARD

E dward ne savait pas quoi penser du directeur. L'homme ne cessait d'envoyer des lettres de demande de renseignements et de solliciter des entretiens. Au début, l'avocat avait répondu aux questions générales à la demande de sa cliente, Mme Phyllis Evers. Mais maintenant, le directeur fouillait dans l'ascendance des Radcliff, insinuant que les choses n'étaient pas tout à fait en règle.

Lorsqu'Edward avait commencé à travailler avec son père, on ne lui avait rien dit de la nature magique des affaires des Evers. On lui avait demandé d'accepter l'inexpliqué comme un fait et qu'on lui fournirait plus d'informations si et quand cela deviendrait nécessaire. Il comprenait que certains clients choisissent de garder leurs affaires secrètes et que les avocats doivent vivre avec des mystères. Après tout, ce n'est pas le rôle d'un avocat de comprendre ou de juger les affaires de ses clients. C'était cependant la responsabilité d'un avocat de protéger ses clients, de préserver leurs secrets et de s'assurer qu'ils respectaient la lettre de la loi.

Avec le temps, Radcliff senior avait fourni de plus en plus de contexte jusqu'à ce que, dix ans avant sa retraite, il donne à Edward les journaux appartenant à George Radcliff. Ils étaient anciens, manuscrits et difficiles à déchiffrer. Mais lire les vingt-cinq journaux était la condition pour reprendre le cabinet de son père. Edward s'est donc mis à lire, recherchant des termes anciens et prenant des notes pour interroger son père. Comme il était également occupé à développer l'entreprise, à acquérir de nouveaux clients et à fonder une famille, la tâche lui a pris près de cinq ans.

Quand il eut terminé, son père ouvrit leur coffre-fort familial et en sortit les journaux de chaque avocat Radcliff qui avait succédé à George, y compris le sien. L'estomac d'Edward se noua. Il devait y avoir au moins cinquante journaux là-dedans ! Il espérait que son père n'allait pas lui imposer une nouvelle condition avant de lui céder le cabinet.

— Tu devras documenter tes relations avec la famille Evers, dit Edward Sr.

Edward Jr. regarda d'un air circonspect les journaux empilés dans le coffre-fort, puis se tourna vers son père.

— Et lire tous les journaux de tes prédécesseurs, y compris le mien, bien sûr, ajouta son père en tapotant affectueusement les carnets reliés de cuir.

— Bien sûr, répondit Edward d'un ton raide.

Il comprenait maintenant pourquoi son père avait divulgué ces informations dix ans avant sa retraite. Il semblait que les Evers payaient la majeure partie de leurs honoraires. En fait, il s'agissait d'honoraires perpétuels. Des dispositions avaient été prises pour retenir leur cabinet à jamais.

— Les Evers sont éternels, songea Edward, en examinant les investissements complexes dont les dividendes étaient directement versés sur le compte professionnel des Radcliff à la Burke & Herbert Bank & Trust Co., la plus ancienne banque de Virginie.

De toute évidence, les Evers étaient leur client le plus important. Edward prenait chaque jour le temps de lire les journaux. Il avait quarante ans lorsqu'il eut fini de lire tous les journaux de son père. La plupart s'étaient révélés sans intérêt et plutôt ennuyeux comparés à ceux de George Radcliff. C'était en partie dû à la nature de l'interaction de George avec Lady Emmeline. Les autres avaient peu d'anecdotes magiques, voire aucune, à raconter. Il était déterminé à rendre ses propres journaux aussi intéressants que possible tout en étant clair et concis. Son propre fils, ou sa fille, apprécierait sûrement ses efforts. Mais que se passerait-il si aucun d'eux ne voulait suivre ses traces ? Les temps avaient changé. Peu importe, il écrirait consciencieusement et espérerait que son successeur, quel qu'il soit, poursuivrait la tradition.

Le voilà, vingt ans plus tard. Les choses redevenaient intéressantes, mais il n'avait personne à part son père presque sénile avec qui les partager. Était-il vraiment le dernier des Radcliff ? Aucun de ses enfants n'avait fait de droit. Elsbeth était maintenant biochimiste. Bien qu'il ne fût pas tout à fait sûr de la façon dont elle passait ses journées, il était assez fier d'elle. Finnigan était professeur de philosophie à Raleigh. C'était un jeune homme bien. Aucun des associés du cabinet ne semblait être un candidat probable pour reprendre une tradition aussi ancienne et discrète.

Lorsque le directeur Lianon avait commencé à le harceler, Edward s'était dit que c'était peut-être l'occasion de passer le flambeau, pour ainsi dire. Les Hauts Elfes vivaient très longtemps, et le directeur connaissait manifestement tout des Voyageurs, des Clés, des montres de poche antiques et de ce que faisait cette étrange bille. Edward était fatigué. Il voulait prendre sa retraite, comme son père avant lui. À soixante ans, il estimait avoir droit à un repos bien mérité.

Edward décrocha le téléphone et composa le numéro inscrit sur la carte du directeur Lianon. Le numéro vert le dirigea vers un service de messagerie vocale automatisé.

— Directeur Lianon, ici Edward Radcliff Jr. Si vous êtes disponible, je serais ravi de vous rencontrer dans nos bureaux à Williamsburg le 17 août à dix heures, dit-il avant de raccrocher.

Edward fit une entrée dans son journal et se leva pour le remettre dans le coffre-fort. À son retour, il vit une enveloppe familière posée sur son bureau. Glissant le coupe-papier le long du rabat, il trouva la brève acceptation manuscrite du directeur pour l'heure de rendez-vous proposée.

CHAPITRE 5

TOM

Quelle heure indécente, pensa Tom, éteignant rapidement sa montre pour ne pas réveiller les autres. *Ce qu'on ne fait pas par amour* !

Un sourire se dessina sur son visage mais disparut aussitôt. Il avait mal à la tête. Lui et les gars s'étaient glissés dans les lits superposés vers trois heures du matin et s'étaient endormis comme des masses. Ce qui était une bonne chose, car il n'aurait probablement pas pu s'endormir avec tous ces ronflements.

Avec précaution, il descendit l'échelle aussi silencieusement que possible. Mais une fois au sol, il réalisa que Devlin n'était pas dans son lit. Se lever tôt devait être de famille, songea-t-il. Il espérait que Devlin et Lola n'étaient pas en train de méditer ensemble. C'était tout l'intérêt de cette escapade, passer du temps seul avec Lola. La surprendre avec une tasse de café et une vue sur la Manche.

Il attrapa son t-shirt, son jean et ses chaussures dans le tas sur le sol et sortit de la chambre à pas de loup. En se dirigeant vers la cuisine, il essaya de se rappeler s'il s'était déjà levé aussi tôt auparavant. C'était vraiment calme, même avec autant d'invités dans la maison. Il prépara une cafetière et, à contrecœur, remplit trois tasses de voyage, au cas où il devrait en offrir une à Devlin.

Plaçant les tasses sur un petit plateau, il sortit par les portes-fenêtres et gagna la terrasse. Ils n'étaient ni près de la piscine, ni sur la pelouse au-delà. Il prit le chemin menant à la Manche. C'était une belle matinée ; le soleil se levait au-dessus de l'eau pour l'accueillir. Mais à part un pêcheur solitaire, il n'y avait personne d'autre pour le saluer.

Fronçant les sourcils, il retourna vers la maison d'un pas décidé. Il abandonna son plateau sur une table dans l'entrée et se faufila sur la pointe des pieds jusqu'à la chambre des filles. Entrouvrant doucement la porte, il passa la tête dans la pièce. Seuls trois lits étaient occupés ; pas de Lola. Il referma la porte délicatement et retourna dans la chambre des garçons. Devlin n'était pas revenu.

Où sont-ils ? Ils avaient dû partir explorer. Il était beaucoup trop tôt pour inquiéter sa mère et son oncle, et il était fatigué. Il se déshabilla, gardant uniquement son caleçon, grimpa dans le lit du haut, et se rendormit aussitôt.

CHAPITRE 6

JACKSON

J ackson faisait les cent pas. Il était arrivé dans l'appartement londonien des Evers la veille, comme prévu. L'emplacement était génial, à moins de cinq minutes du métro. Après une courte sieste et une douche, il était parti au pub pour retrouver ses amis. Ils avaient passé un excellent moment à parler de leurs années de lycée et à rattraper le temps perdu. Il était heureux de constater que la vie de ces gars ne se résumait pas qu'aux filles et aux fêtes. Le programme de sciences cognitives dans lequel ils étaient inscrits était brutal et, bien qu'ils passaient le meilleur moment de leur vie, les gars disaient que cela occupait la majeure partie de leur temps.

Ils s'étaient séparés vers minuit. Jackson avait expliqué qu'il prenait un train tôt le lendemain, et les gars devaient de toute façon aller au laboratoire. Il avait promis de passer les voir au labo avant de rentrer chez lui en Amérique.

Il était maintenant cinq heures du matin ce dimanche et il attendait des nouvelles de Simon. Ça allait se produire, peu importe ce que « ça » était. Lola et Devlin assistaient à une fête en Irlande. Selon Simon, les choses avaient mal tourné entre vingt-et-une heures et vingt-trois heures, heure de Virginie. Ils en avaient longuement discuté pendant que Phyllis et les enfants étaient à Disney. La seule façon d'empêcher les événements qui suivraient, dont Simon avait fourni de nombreux détails, était d'intervenir au moment où ils se produiraient dans le manoir des Evers.

Ils n'avaient pas informé Phyllis de leur plan. Il était plus facile pour elle d'aller chez Boris, comme prévu, après avoir déposé les enfants à la fête. La maison serait vide et le ou les coupables seraient libres de rôder, apparemment sans être détectés ni observés. Par mesure de précaution, Jackson avait offert à John et Sally une paire de billets pour une pièce de théâtre en ville, prétextant qu'il avait oublié les avoir achetés et ne voulait pas qu'ils soient gaspillés. Il n'y avait personne sur le domaine des Evers.

CHAPITRE 7
SIMON

Simon fixait les flux vidéo sur les ordinateurs de Jackson. À vingt et une heures, trois hommes apparurent devant la porte du vestiaire. Il en reconnut un : c'était Donatelli.

— Salaud, dit Simon à l'écran.

L'un des hommes resta en retrait et semblait monter la garde. L'autre passa quelque chose devant le clavier et réussit d'une manière ou d'une autre à ouvrir la porte. Ils attendirent tous deux avant de franchir le seuil. L'autre homme agita ensuite la main devant la console de sécurité et l'alarme fut désactivée. Simon retint son souffle ; l'homme allait-il aussi désactiver les caméras ? Mais il se contenta de hocher la tête et fit signe à Donatelli d'entrer. Il regarda sa montre et dit quelque chose avant de se tourner vers le troisième homme et de lui faire un signe de tête. Le troisième homme fit apparaître une porte, et ils partirent.

Donatelli fit un rapide tour du rez-de-chaussée et commença ses recherches dans le bureau. Il était méthodique et précis, laissant les choses telles qu'elles étaient. Après environ trente minutes, il sembla soupirer d'exaspération et quitta la pièce. Il passa rapidement de pièce en pièce mais ne fit qu'une recherche superficielle des salles du rez-de-chaussée.

Il monta au premier étage et commença par une chambre d'amis, puis celle de Devlin, puis celle de Lola. Ensuite, il fit une rapide recherche dans la salle de sport et la chambre d'enfant avant de se diriger vers la chambre de Simon. Il y resta un bon moment. Là, il trouva la chevalière de Simon et commença à écrire une lettre à son bureau. Il la plia et l'envoya.

Ensuite, il alla dans la chambre de Phyllis. Il la fouilla minutieusement mais ne sembla toujours pas trouver ce qu'il cherchait. À un moment, il s'arrêta brusquement et plongea la main dans sa poche. Il en sortit un téléphone portable. Alors que Simon regardait de plus près, il reconnut la coque fleurie de Phyllis.

— Que diable fais-tu avec le téléphone de Phyllis ? s'exclama Simon, se levant maintenant, mais gardant les yeux rivés sur l'écran. L'homme sourit à ce qu'il vit et envoya rapidement une réponse.

Il semblait très satisfait de lui-même et alla s'asseoir à la coiffeuse de Phyllis. Fouillant dans sa veste, il sortit un pistolet, qu'il posa sur ses genoux et attendit.

C'est le moment. Simon sortit sa Clé et la porte apparut. Il vérifia l'heure sur l'écran ; il était vingt-deux heures. Il sortit le téléphone portable que Jackson lui avait donné et lui envoya un rapide texto pour lui faire savoir que ça allait commencer.

CHAPITRE 8
DEVLIN

— J e pense que tu sais ce que je veux. La Montre et la Bille, s'il te plaît, dit l'homme en agitant nonchalamment son arme vers eux.

Lola tendit son esprit vers lui. *Qu'est-ce qu'on fait ?* demanda-t-elle.

Il faut qu'on gagne du temps ou qu'on le distraie. Je suis sûr qu'on va trouver quelque chose, fut la réponse de Devlin.

— Nous ne les avons pas, dit Devlin à l'homme. Elles sont dans un coffre-fort au bureau de notre avocat.

L'homme sourit et hocha la tête, se levant tout en continuant de les tenir en joue.

— Et on est samedi, donc les bureaux sont fermés, ajouta Lola.

— Me prenez-vous pour un imbécile ? demanda l'homme, son accent s'épaississant alors qu'il faisait un pas en avant. On m'a dit que vous pouviez les appeler à vous. N'es-tu pas le Gardien ?

Le visage de Devlin s'affaissa. — Oui, je suis le Gardien.

— Attendez, intervint Lola. Vous avez l'air italien, êtes-vous Dona-telli ? demanda-t-elle à l'homme.

— Cela ne vous concerne pas, répondit-il en dirigeant le canon de son arme vers elle et en armant le pistolet. Devlin, à moins que tu ne veuilles que je tire sur ta sœur, appelle immédiatement les artefacts.

Devlin leva les deux mains, paumes vers le haut, et ferma les yeux comme s'il méditait en silence. En réalité, il cherchait à gagner du temps. Il se demandait s'il ne pouvait pas plutôt appeler le dépôt. La boîte ne s'ouvrirait pas pour l'homme et il pourrait prétendre que c'était une erreur et réessayer, en appelant ensuite le livre, qui ne s'ouvrirait que pour lui et serait inutile à l'homme. Il réfléchissait à voix haute dans son esprit, tenant Lola au courant de ses idées et attendant qu'elle propose les siennes.

Finalement, il ne fit rien de tout cela. Car une porte apparut entre l'homme et eux. Un homme en sortit, saisit leurs mains et les tira à travers l'ouverture. Tout fut terminé en quelques secondes. Devlin ne reconnaissait pas la pièce dans laquelle ils se trouvaient. Il se retourna pour voir que Lola étreignait l'homme. C'était son père.

CHAPITRE 9

LOLA

— Papa ! s'exclama-t-elle en se jetant dans ses bras. Je croyais ne jamais te revoir.

Simon l'entoura de ses bras et la serra fort. Elle enfouit son visage dans sa chemise et inhala son odeur, le serrant encore plus fort comme s'il risquait de disparaître si elle ne l'attachait pas à elle.

Après un moment, il la relâcha et fit face à Devlin. Lola regarda son père, puis Devlin. Aucun ne parlait, mais tous deux arboraient la même expression abasourdie.

Lola s'éclaircit la gorge et dit :

— Permettez-moi de faire les présentations. Papa, voici Devlin, ton fils. Devlin, voici notre père.

Simon fit un pas vers son fils et attendit. Devlin fit un pas et tendit la main.

— C'est un honneur de finalement vous rencontrer, dit Devlin, un peu raide, la voix rauque.

Simon sourit et lui serra la main.

— En effet, c'est un honneur pour moi aussi, Devlin.

Ils restèrent un moment ainsi, liés par une poignée de main, jusqu'à ce que Simon l'attire à lui et le prenne dans ses bras. Les deux hommes étaient de la même taille et de la même stature, bien que Simon fût plus mince.

Lola pouvait voir des larmes couler sur leurs deux visages. Aussi touchant que ce fût, c'était aussi un peu étrange. Elle n'avait jamais réalisé que son père ne paraissait pas assez âgé pour avoir des enfants adolescents. Bien qu'il aurait dû avoir la fin de la quarantaine s'il avait été en vie, l'homme qui se tenait devant elle avait la trentaine.

Ils finirent par se séparer, tous deux essayant de retrouver leur contenance.

— Je ne veux pas interrompre ces charmantes retrouvailles familiales, mais je pense qu'on devrait discuter de ce qui vient de se passer, dit Lola.

— Tout à fait, ma chérie, dit Simon en caressant les cheveux de Lola tandis qu'il la regardait.

Il sortit sa Clé, ouvrit la porte et leur fit signe de le suivre.

CHAPITRE 10

JACKSON

J ackson entendit le bip et sut que le texto venait de Simon. *C'est en train de se produire*, disait-il simplement. Ils avaient convenu de se retrouver ici, que Simon réussisse ou non. Tout ce que Jackson pouvait faire était d'attendre. Il prépara une nouvelle cafetière et sortit quelques en-cas. Phyllis aurait voulu qu'il soit un bon hôte, quelles que soient les circonstances. Il secoua la tête et roula des épaules, s'efforçant de se détendre.

En un clin d'œil, une porte apparut, et Simon en sortit, suivi de Lola et Devlin. *Il faut que je m'y habitue*, pensa-t-il. Avant même de s'en rendre compte, il s'avança vers Lola et la serra dans ses bras.

— Dieu merci, tu vas bien, murmura-t-il dans ses cheveux.

Lola lui rendit son étreinte légèrement.

— Désolé, dit-il doucement en reculant. Ils n'étaient jamais sortis ensemble, mais c'était lui qui avait mis fin à leur relation officieuse ; Lola n'apprécierait peut-être pas ses sentiments en ce moment. Se tournant vers Devlin et Simon, il demanda : — Vous allez bien ?

— Oui, nous allons tous bien. Merci de demander, répondit Devlin en observant les alentours.

Voyant la confusion de Devlin, Simon intervint : — Nous sommes dans l'appartement de Londres, nous sommes en sécurité ici.

Ils prirent tous une tasse de café et s'installèrent dans le salon. Simon les informa de ce qu'il avait vu sur les flux vidéo, puis expliqua à Lola et Devlin ce que Jackson et lui avaient fait pendant la semaine écoulée. Lola et Devlin racontèrent ce qui s'était passé avec la Sphère et le Directeur.

— Devlin, pourrais-tu appeler le livre et les artefacts, s'il te plaît ? demanda Simon.

Devlin demanda les Archives, la Montre à Gousset, la Sphère et le Dépositaire. En succession rapide, les objets atterrirent sur la table basse. Bien que Lola et Devlin aient déjà vu cela se produire, ils sourirent tous deux au hoquet audible de Jackson. Ils fixèrent tous les artefacts et attendirent que Simon donne d'autres instructions.

— Bien, tout est comme il se doit. Puisque je ne suis plus le Gardien, Devlin devra prendre le relais à partir d'ici, dit Simon en souriant à Devlin.

— Que dois-je faire ? demanda Devlin, perplexe.

— Rien, pour l'instant. Nous devons comprendre ce qui se passe, répondit Simon.

— D'après ce que vous avez dit, il semble que Donatelli travaille avec deux complices, avança Jackson. L'un d'eux était là simplement pour leur servir de chauffeur, pour ainsi dire. La Clé de Donatelli a probablement été révoquée par son Gardien parce qu'il a kidnappé Phyllis. Le troisième homme doit être un sorcier, ou quelque chose comme ça, et probablement l'homme dont votre Directeur parlait. Bien qu'ils ne semblent pas avoir Voyagé sans Clé. À moins qu'il n'ait utilisé une technologie minuscule que vous ne pouviez pas voir à l'écran, il utilisait la magie pour désactiver le système de sécurité.

— D'accord, mais comment ont-ils eu le téléphone de Phyllis ? demanda Lola. Elle ne partirait pas pour un week-end chez Boris sans, surtout si Devlin et moi étions à une fête en Irlande. Elle serait trop inquiète que quelque chose puisse arriver et qu'on ait besoin de la contacter.

— Peut-être qu'ils le lui ont volé pendant qu'elle était chez Boris ? suggéra Devlin.

— Ou peut-être que Boris fait partie de la bande de complices, dit Jackson.

Ils tombèrent tous dans le silence en réfléchissant à ce fait. Simon hocha la tête, l'expression grave.

— Cette pensée m'est aussi venue à l'esprit. Mais elle et Boris avaient une relation de longue date avant que tout cela n'arrive. Ce n'est pas une grande surprise qu'après avoir découvert qu'il était aussi un Voyageur, leur relation se soit épanouie en quelque chose de plus sérieux. Et il a été d'une grande aide pour la récupérer lors de l'enlèvement. Je ne pense vraiment pas que Boris soit un méchant, conclut Simon.

— Dans ce cas, peut-être devrions-nous le contacter pour nous assurer que Phyllis va bien, suggéra Devlin.

— Oui, mais d'une manière qui n'alarmera pas Phyllis ou ne rendra pas Boris suspicieux s'il est impliqué, objecta Jackson, toujours pas convaincu de l'innocence de Boris.

— Je pourrais l'appeler et demander à parler à Phyllis. En disant que j'ai essayé son portable et qu'elle n'a pas répondu, proposa Lola. Il ne demandera pas pourquoi, mais s'il le fait, je dirai que je ne me sens pas bien et que je pensais rentrer plus tôt ou quelque chose comme ça.

— Oui, bonne idée, Lola, fut la réponse de Simon.

Lola sortit son téléphone et composa le numéro de Boris, mais fit une pause avant d'appuyer sur l'icône du combiné. — C'est vraiment tôt, et un dimanche, dit-elle.

— Si tu étais malade et que tu appelais ton parent, ce ne serait pas un problème, dit Devlin.

— Oui, tu as raison, répondit-elle et passa l'appel. Portant le téléphone à son oreille, elle attendit que Boris décroche. Il répondit à la deuxième sonnerie, semblant très éveillé.

— Euh, Boris, c'est Lola. Je suis désolée de vous déranger si tôt, mais puis-je parler à ma tante ? Elle ne répond pas sur son portable... dit Lola d'une voix qu'elle espérait faire passer pour celle d'une adolescente incertaine.

— Lola, tout va bien ? demanda-t-il immédiatement, avec une inquiétude évidente.

— Oui, enfin, non. J'aimerais vraiment parler à Phyllis, insista-t-elle.

— Oui, bien sûr. Je vais aller la réveiller. Donne-moi un moment, répondit-il.

— Merci, Boris, dit Lola.

Lola mit sa main sur le téléphone et chuchota : — Il va la réveiller.

Ils attendirent.

Devlin se leva pour aller chercher de la nourriture au comptoir et un verre d'eau. Il dit aux autres que sa tête le faisait souffrir et alla dans la salle de bain pour voir s'il pouvait trouver des antidouleurs. Il avait trop bu et pas assez dormi. Il en trouva dans le meuble de toilette et avala deux comprimés avant de retourner au salon.

Quand il revint, Lola attendait toujours que Phyllis prenne la ligne. Puis son visage s'illumina et elle s'exclama : — Phyllis ! Après quoi elle se mordit la lèvre et dit : — Non, je vais bien. Devlin va bien aussi, même si pour être honnête je pense qu'il a un peu trop bu et on pensait rentrer plus tôt au lieu de rester pour le brunch. C'est d'accord ?

Ils attendirent pendant que Lola écoutait la réponse de sa tante. — Euh, bien sûr, attends, dit-elle, en tendant le téléphone à Devlin et en articulant silencieusement « désolée » alors qu'il le prenait.

— Bonjour, Phyllis... Oui, je vais bien... Je sais. Je suis désolé. J'ai retenu la leçon... Non, Lola est allée se coucher tôt, à onze heures... Je pense que je suis allé me coucher à trois heures du matin... Oui, j'ai bu un grand verre d'eau et pris un antidouleur... Bien sûr. Tout va bien pour vous et Boris ?

À son expression peinée et à sa partie de la conversation, il était clair que Phyllis faisait à Devlin le discours du « Je suis tellement déçue de toi », ce qui était bien pire que de se faire crier dessus. Jackson ne le savait que trop bien.

Devlin conclut l'appel en disant qu'il la verrait pour le dîner de dimanche et que lui et Lola resteraient à la maison pour se reposer le reste de la journée.

— Je n'aime pas lui mentir, dit-il en rendant le téléphone à Lola.

— Je suis désolée de t'avoir fait porter le chapeau, lâcha Lola.

— Ce n'est pas grave. Je suis le grand frère, et j'ai plus de dix-huit ans. Je devrais savoir mieux.

Simon hocha la tête avec reconnaissance et posa une main sur l'épaule de Devlin. — Bien joué. Qu'a dit Phyllis quand tu lui as demandé si tout allait bien ? Nous avons compris l'essentiel du reste de votre conversation, ajouta-t-il d'un ton malicieux.

— Elle a dit qu'elle et Boris étaient allés au théâtre hier soir et avaient prévu de rester à la maison ce matin. Elle rentrera vers seize heures pour commencer le dîner. Je ne pense pas qu'elle se doute que quelque chose ne va pas, répondit Devlin.

— Et elle m'a dit qu'elle pensait avoir oublié son téléphone à la maison et qu'elle était désolée d'avoir manqué mon appel, ajouta Lola.

Ils prirent un moment pour digérer ces informations.

— Pour l'instant, je suis satisfait que Boris ne soit pas impliqué et que Phyllis soit en sécurité là où elle est, dit Simon. Tout le monde acquiesça.

— Nous savons que Donatelli travaille avec au moins deux autres personnes. Ce sont probablement les suspects les plus probables. Que pensons-nous du directeur et de l'Académie ? demanda Lola.

— Je ne sais pas pour vous, mais je suis enclin à faire confiance à un Haut Elfe qui est là depuis bien plus longtemps que nous, dit Simon.

— Oui, je suis d'accord. S'il semblait qu'ils essayaient de nous prendre les artefacts, c'était peut-être parce qu'ils ne nous font pas confiance pour les garder. Ce qui, bien sûr, est tout à fait compréhensible à cause de notre ancêtre Archibald, répondit Devlin.

Jackson fronça les sourcils. — Quelqu'un peut m'expliquer ? Qui est Archibald ?

Lola et Devlin lui firent un résumé de ce qu'ils avaient découvert dans les Archives. Simon leur parla de ses visites à Archibald dans le passé et des bribes d'informations qu'il avait glanées en étudiant le livre. Il fut clairement surpris d'apprendre qu'on pouvait poser des questions au livre au lieu de chercher dedans. Il convint que cela fournirait des réponses beaucoup plus rapidement.

— Tu peux me montrer ? demanda Jackson avec hésitation.

Devlin regarda Lola et Simon pour obtenir leur confirmation. — Il est venu jusqu'ici, dit Lola en haussant les épaules.

— J'ai une confiance totale en Jackson, tout comme Phyllis, dit Simon.

Devlin se tourna vers le livre. — Que dois-je demander ?

— Peut-être demander s'il connaît l'emplacement du monde des Hauts Elfes puisque c'est de là qu'ils suivent les Billes, suggéra Simon.

Devlin réfléchit un moment et demanda : — Comment puis-je me rendre à l'île de Summerset ?

Le livre sembla vibrer un peu, puis la couverture s'ouvrit brusquement et les pages commencèrent à tourner très rapidement avant de s'arrêter sur une page blanche. Ils s'approchèrent tous et virent du texte apparaître dessus.

Jackson avait plutôt bien pris toute cette histoire de Voyage, mais un livre magique qui écrivait des réponses aux questions, c'était encore autre chose. Il s'approcha encore et commença à lire par-dessus l'épaule de Devlin.

L'île de Summerset est la patrie des Elfes Anciens et des Hauts Elfes. Elle est située sur la planète Nirn, plus précisément sur le continent de Tamriel. Sur Nirn, on peut y accéder par voie maritime. Les Elfes utilisent généralement des portails pour se transporter vers et depuis leur patrie. Les Voyageurs ont besoin d'utiliser une Sphère. Se rendre à Summerset est simplement une question d'intention lorsque vous placez la Sphère dans la prise de la porte.

— Ça a l'air assez simple, lança Jackson avec un clin d'œil.

— Papa, où es-tu allé quand tu as utilisé la Sphère ? demanda Devlin.

— Comment savez-vous que j'ai utilisé la Sphère ? demanda Simon, surpris.

— Le livre nous l'a dit. Il a dit que les deux seuls Evers qui l'avaient utilisée étaient Devlin et Simon, répondit Lola.

— Où es-tu allé ? demanda Jackson, les yeux écarquillés, face à Devlin.

— Je ne suis allé nulle part. Nous parcourions les mondes quand le directeur Lianon nous a interceptés et nous a expliqué pourquoi c'était une mauvaise idée, dit Devlin avec un petit rire.

Lola frissonna et expliqua comment ils auraient pu laisser entrer des monstres dans leur monde s'il n'était pas arrivé à ce moment-là.

— Les Elfes n'auraient-ils pas une sorte de protection pour empêcher les personnes indésirables d'entrer dans leur monde ? demanda Jackson.

— Bien vu, dit Simon. Mais comme ils savent automatiquement quand une Sphère est utilisée, je suppose qu'ils seraient prévenus quand elle est utilisée par un humain pour entrer dans leur monde.

— Je veux dire, on doit essayer, non ? C'est ce qui se rapproche le plus d'appeler la police pour nous, dit Lola.

— Et le Conseil des Anciens ? demanda Jackson.

— À cause de l'implication de Donatelli, j'ai l'impression que le Conseil a peut-être été compromis. Ou, au minimum, qu'il ne sera peut-être pas très compatissant à notre cause, étant donné que nous sommes les descendants d'un voleur... dit Simon.

— Je suis d'accord, dit Devlin. Les Elfes n'ont rien à gagner dans cette histoire au-delà de s'assurer que les artefacts sont utilisés correctement. En allant directement vers eux, ne montrons-nous pas notre volonté de coopérer ?

— Oui, tu as raison. Et maintenant, la grande question, dit Lola, en les regardant tour à tour.

— Qui va à l'île de Summerset ? demanda Jackson.

CHAPITRE II

TOM

Tout le monde était rassemblé sous le chapiteau, remplissant leurs assiettes, buvant des mimosas et discutant des festivités de la veille. De toute évidence, ça avait été un succès, et Tom était certain que les gens parleraient de sa fête pendant des années. Il aurait dû être aux anges ; sa réputation sociale était en or.

L'absence de Lola et Devlin avait nettement atténué son euphorie. En fait, il était plutôt inquiet. Il s'était réveillé avec les autres et était sorti en titubant pour prendre un café et accueillir ses invités. Il n'avait pas eu le temps d'informer sa mère et son oncle de sa sortie matinale. Il espérait de tout cœur que Lola et Devlin seraient déjà dehors. Mais ils n'y étaient pas. Ils étaient introuvables. Et maintenant, il semblait que sa mère et son oncle l'avaient remarqué et se dirigeaient vers lui.

— Un mot, Tom ? dit son oncle, en le saisissant fermement par le bras pour l'éloigner de ses amis vers la maison.

— Où sont Lola et Devlin ? demanda sa mère.

— Je ne sais pas, répondit-il honnêtement.

— Comment ça, tu ne sais pas ? répliqua son oncle, en secouant son bras avant de le lâcher.

— Je me suis réveillé tôt ce matin pour être seul avec Lola. Elle se lève avec le soleil et aime méditer, expliqua-t-il. Mais je n'ai pu la trouver nulle part, ni Devlin non plus.

— Pourquoi ne pas être venu nous voir immédiatement ? demanda sa mère. Et s'ils étaient blessés ou malades ?

— Il était cinq heures du matin et j'étais fatigué. Je pensais qu'ils étaient partis se promener et qu'ils se montreraient au brunch comme tout le monde, dit-il sur la défensive.

— Appelle Lola sur son portable. Demande-lui si elle va bien, ordonna Aidan.

— J'allais justement le faire. Pourquoi est-ce un si gros problème ? demanda Tom. Qu'est-ce qui est si important à propos de Lola et Devlin ; sont-ils une sorte de royauté ?

Aidan et sa mère se regardèrent mais ne répondirent pas. Quand son oncle lui avait suggéré de se rapprocher de Lola à l'école, il avait trouvé la demande étrange, mais comme Lola était magnifique et adorable, c'était une tâche assez facile. Il avait pensé que son oncle voulait qu'il se lie d'amitié avec Lola parce qu'elle était une héritière. Sa mère lui répétait toujours qu'il devait choisir une épouse fortunée pour assurer la prospérité continue de la famille. Il avait arrêté de s'opposer à cette notion désuète quand son père était mort, et que sa mère se mettait à pleurer quand il lui disait qu'il se marierait par amour.

Il était tombé amoureux de Lola, mais comme ils n'avaient que seize ans, ce n'était sûrement pas le moment de parler d'unir leurs familles par les liens du mariage ?

— De quoi s'agit-il vraiment ? leur demanda-t-il.

— Les parents de Lola et Devlin sont morts, nous devons veiller sur eux, répondit sa mère.

— Ils ont une tante, Phyllis. Vous l'avez rencontrée, répliqua Tom.

Il ne croyait pas à l'acte de préoccupation que sa mère jouait. Premièrement, sa mère pouvait à peine se souvenir du nom de Lola après qu'il l'ait présentée au pique-nique. Deuxièmement, Arabella était une snob ; elle n'encouragerait jamais Tom à poursuivre une Américaine, peu importe à quel point elle était riche. Il y avait autre chose.

— Je ne l'appellerai pas tant que l'un de vous ne me dira pas la vérité, dit Tom, sa voix s'élevant et attirant l'attention de ses invités.

Sa mère le fit taire et l'emmena plus loin. — Dis-lui, Aidan. Il a le droit de savoir, dit-elle à voix basse.

— Très bien, répondit Aidan. Mais ce n'est pas le moment pour une longue explication. Tes invités attendent.

— D'accord, je vais l'appeler pour voir si elle va bien, dit-il.

Tom sortit son téléphone et composa le numéro de Lola. Elle décrocha à la troisième sonnerie.

— Lola, c'est Tom. Où es-tu ? Tu vas bien ?

CHAPITRE 12
DEVLIN

— J e pense qu'on devrait tous y aller, dit Simon. Je ne me sentirais pas en sécurité en laissant quelqu'un derrière. Si la porte empêche certains d'entre nous de passer, on avisera à ce moment-là.

Ils tournèrent des regards expectatifs vers Devlin. Il prit la boîte en bois sculpté et l'ouvrit. Il examina la Sphère avec méfiance. Il ne s'était jamais senti aussi nerveux de sa vie. Il se demandait s'ils pouvaient rester piégés dans un autre Monde. Ou arriver par erreur à une autre destination. C'est pourquoi il n'avait pas objecté quand Simon avait suggéré qu'ils y aillent tous ensemble. Aussi lâche que cela puisse paraître, il ne voulait pas être seul pour ce voyage.

Prenant une profonde inspiration, il saisit la Sphère et se leva. Il renvoya les autres artefacts dans le coffre-fort. S'ils réussissaient leur saut entre les mondes, il ne savait pas combien de temps ils seraient absents.

Cherchant un peu plus d'espace autour de lui, il fit quelques pas vers la cuisine avant de s'arrêter. Il se tourna pour regarder Simon. Son père hocha la tête d'un air encourageant.

Devlin referma son poing autour de la Sphère et prit sa clé. Les yeux fermés, il pensa à l'île de Summerset et au directeur Lianon. Sa porte apparut avec une cavité. Il plaça la Sphère dans la cavité, attendit qu'elle brille, puis la mit dans sa poche comme le livre l'avait indiqué. Avant de tourner la poignée, il se retourna pour faire signe aux autres, mais ils étaient déjà juste derrière lui. Chacun posa une main sur ses épaules ou son dos.

Il tourna la poignée et ouvrit la porte. La lumière de l'autre côté était si vive qu'ils durent tous se protéger les yeux en franchissant le seuil. Ça devait être le bon endroit. On aurait dit un paradis. Un paradis sauvage et indomptable. Ça lui rappelait la jungle du film *Avatar*. Tout était immense. Les arbres devaient faire plus de quinze mètres de haut, et les buissons étaient aussi hauts que les arbres chez eux.

Les autres étaient aussi ébahis que lui. Lola passa ses doigts sur la feuille d'une des fleurs. Elle était de la taille d'un chat. Simon s'était éloigné d'eux, semblant chercher quelque chose. Peut-être un chemin pour sortir de la jungle.

— Qu'as-tu imaginé, ou visualisé, en invoquant la porte, Devlin ? demanda Simon.

— L'île de Summerset et le directeur Lianon. Je me suis dit que ça nous mènerait à l'un ou à l'autre au cas où le directeur ne serait pas ici en ce moment, répondit Devlin, espérant avoir bien fait.

Ils avaient perdu Jackson de vue et l'entendirent bientôt s'écrier :

— Par ici !

Tout le monde se tourna dans la direction de sa voix mais ne pouvait pas le voir. Il y eut un bruissement et sa tête surgit du buisson.

— J'ai trouvé un sentier ou une sorte de route, dit-il.

Ils le suivirent à travers les broussailles épaisses jusqu'à un large chemin de terre. D'un côté, il menait de nouveau dans les broussailles. De l'autre, il conduisait vers ce qui ressemblait à une ville. C'était à couper le souffle. Dans la vallée, il y avait un lac et derrière, ils pouvaient voir des maisons creusées dans la colline. Au sommet de la colline se dressait un château, étincelant au soleil.

Comme s'ils s'accordaient silencieusement sur le fait que c'était leur destination, ils commencèrent à marcher sur le chemin dans cette direction. L'air était pur et vif, la température semblable à celle de Stockholm au printemps, pensa Devlin.

Ils marchèrent pendant environ trente minutes avant d'arriver au lac. L'air était plus chaud ici, et ils pouvaient sentir l'odeur de la végétation luxuriante qui poussait autour. Ça sentait la pluie. Ils s'arrêtèrent près du lac pour admirer sa beauté, mais leur contemplation paisible fut interrompue par le bruit de ce qui ne pouvait être que des chevaux qui approchaient.

Se tournant vers le son, ils virent un carrosse tiré par deux bêtes ressemblant à des chevaux d'un blanc neigeux. Elles mesuraient au moins trois mètres de haut. Leurs sabots étaient laineux, comme ceux des poneys Shetland, et leurs crinières ressemblaient à de l'or filé. Elles n'avaient pas de brides ; Devlin ne voyait aucune corde ou autre attache entre les bêtes et le carrosse.

La porte du carrosse s'ouvrit et le directeur Lianon en sortit.

— Monsieur le Directeur ! s'exclama Lola. Que nous sommes heureux de vous voir !

Lianon s'approcha d'eux, se tournant d'abord vers Simon. Tendant la main, il dit :

— Vous devez être Simon Evers.

Simon lui serra la main.

— Coupable comme accusé, dit-il, essayant de détendre l'atmosphère. Le Directeur sourit et fit un signe de tête à Lola et Devlin. Tournant son regard vers Jackson, il fronça les sourcils.

— C'est Jackson, dit Lola. Un bon ami de la famille.

Elle passa son bras sous le sien comme pour dire que là où elle allait, il allait aussi.

— Ravi de vous rencontrer, jeune homme, dit Lianon, tendant la main.

— Oui, monsieur, répondit Jackson, maladroitement.

— Venez, dit l'Elfe Supérieur, faisant un geste vers le carrosse. Nous vous attendions.

CHAPITRE 13
SIMON

L e trajet en calèche fut bref. Ils suivirent le directeur dans un grand pavillon blanc en forme de dôme. Une fois à l'intérieur, ils parcoururent un long couloir blanc qui menait à un atrium extérieur. Des gens, ou plutôt des Elfes, étaient assis sur des bancs de pierre, discutant par deux ou en petits groupes. Les conversations s'arrêtèrent à l'arrivée de leur groupe. Des regards curieux se tournèrent vers eux, et Simon supposa que les chuchotements et les expressions choquées étaient dus au fait qu'ils n'étaient pas habitués à voir des humains parmi eux.

Ils traversèrent l'atrium et passèrent par une grande porte en verre sans cadre qui s'ouvrit à leur approche, puis se referma une fois que le dernier d'entre eux fut passé. Simon ne voyait ni quincaillerie ni mécanisme. Ce devait être de la magie.

Ils marchèrent jusqu'au bout d'un couloir identique et s'arrêtèrent devant un mur. L'Elfe leva une main et une ouverture apparut dans le mur. Ils le suivirent dans une grande salle de réunion où plusieurs Elfes étaient rassemblés.

— Membres du Conseil, permettez-moi de vous présenter Simon, Devlin et Lola Evers, ainsi que leur bon ami de famille Jackson, annonça Lianon aussi solennellement que possible.

L'homme — *non, l'Elfe*, se corrigea mentalement Simon — à la tête de la table se tourna vers eux et se leva.

— Bienvenue sur l'Île de Summerset. Je suis Saruir, Chef du Conseil des Elfes.

Devlin s'inclina. Lola fit une révérence. Simon et Jackson s'inclinèrent rapidement à leur tour. Les autres Elfes autour de la table se levèrent et reculèrent d'un pas, la table s'allongea immédiatement et deux chaises supplémentaires apparurent de chaque côté.

Saruir fit un geste vers la table derrière lui. — Je vous en prie, joignez-vous à nous.

Lola et Devlin suivirent le directeur d'un côté de la table. Simon guida Jackson de l'autre côté et s'assit en face de ses enfants lorsque les Elfes s'assirent.

Les présentations furent faites, mais Simon ne pouvait se souvenir des noms de tous les membres du Conseil. Il remarqua cependant que certains Elfes semblaient beaucoup plus âgés que les autres et que leurs tenues étaient différentes. *Ce doivent être les Elfes Anciens*, pensa-t-il. Que ne donnerait-il pas pour rester ici avec eux et apprendre leur histoire et leurs coutumes.

— Cela peut s'arranger, dit Rumena, assise à côté de lui.

— Je vous demande pardon ? demanda Simon.

— Je m'excuse, était-ce censé être une pensée privée ? demanda-t-elle, amusée.

— Oh, je, euh..., balbutia Simon.

Elle posa une main sur la sienne et lui fit un clin d'œil. — Nous pourrons en discuter plus tard, dit-elle d'un air espiègle.

Le chef, Saruir, informa les visiteurs qu'ils avaient discuté d'eux et avaient conclu qu'une invitation devait être envoyée. Mais les voilà — prématurément ! Il leur demanda d'expliquer ce qui avait motivé leur visite.

Simon leur fit un résumé de ce qui s'était passé. Lola et Devlin complétèrent l'histoire, et Jackson resta un observateur muet. Le directeur leur donna un compte-rendu de sa propre enquête. Certains membres du Conseil posèrent des questions. Une fois tous les faits exposés, Saruir prit la parole.

— Je suis heureux que nous ayons enfin une vision complète. Vous pouvez être assurés que nous allons prendre les choses en main à partir de maintenant. Nous pensons que les deux complices dont vous avez parlé sont Aidan Callahan et Ivan Lazarus.

Lola et Devlin haletèrent tous les deux.

— Aidan est l'oncle de Tom et Ivan est son ami illusionniste ! s'exclama Lola.

— Et comment connaissez-vous ces personnes ? demanda Saruir.

— Ils ont organisé la fête d'anniversaire de Tom. Celle à laquelle nous avons assisté hier soir ! s'exclama Devlin.

— Et qui est Tom ? demanda Aeriearie, confuse.

— Tom Callahan est un étudiant de l'Académie, répondit Lianon.

— Ivan Lazarus est plus qu'un illusionniste, dit Saruir. C'est un sorcier de bas niveau qui a attiré l'attention du Conseil. Nous avons reçu de nombreuses plaintes selon lesquelles il aurait fait un mauvais usage de ses capacités magiques sur Terre. Depuis qu'il s'est allié à Aidan Callahan, il a eu accès à un certain nombre d'humains haut placés. Le duo a commencé une sorte de culte, faisant croire à leurs adeptes qu'ils peuvent Voyager instantanément n'importe où dans le monde. Ils ont d'abord recruté des Voyageurs pour agir comme des "chauffeurs payés", mais lorsque les Clés des Voyageurs ont été révoquées pour mauvaise utilisation, ils ont dû trouver un autre moyen de satisfaire leurs riches clients. Nous ne savons pas comment ils ont fait, mais ils ont commencé à créer des portails.

— Comment est-ce possible ? Je pensais que seuls les Elfes pouvaient ouvrir des portails. Utilisent-ils une Sphère ? demanda Simon.

— C'est ce que nous cherchons à découvrir, répondit Saruir. En attendant, nous aimerions vous offrir notre hospitalité, à vous et votre famille, y compris Mme Phyllis Evers. Nous n'avons fait qu'effleurer la surface de l'histoire et des capacités de votre famille. À l'avenir, je pense que vous et Mme Evers aurez besoin de conseils. Quant à Lola et Devlin, ils recevront une formation adéquate à l'Académie concernant l'utilisation des artefacts de Voyage. Cependant, ce ne serait pas le meilleur endroit pour cultiver d'autres capacités magiques qui pourraient se manifester avec le temps. Envisageriez-vous de rester une quinzaine de jours avec nous ?

Simon regarda Lola et Devlin ; ils haussèrent tous deux les épaules.

— Je pense que nous devrions en discuter en famille. De plus, nous devrons ramener le jeune Jackson à Londres pour qu'il puisse reprendre ses activités, dit Simon en posant une main sur l'épaule de Jackson.

Saruir hocha la tête avec compréhension. — Bien sûr. Envoyez-nous une Lettre de Voyage demain avec votre réponse.

Quand il se leva, les autres membres du Conseil firent de même. Saruir fit un signe à Lianon, qui fit signe au groupe de le suivre. Ils se dirigèrent vers le mur de pierre au fond de la salle, s'attendant à voir une ouverture se former comme à leur entrée dans la pièce.

Le directeur fit un geste vers le mur et un énorme portail circulaire apparut. — Où allez-vous ? demanda-t-il à Simon. Simon lui donna l'adresse de l'appartement de Londres et ils virent le salon à travers le miroitement aqueux du portail. — Bon voyage, dit-il en leur faisant signe de passer à travers le portail. Lorsque le dernier d'entre eux eut traversé, le portail disparut.

CHAPITRE 14
LOLA

Il était onze heures trente lorsqu'ils sont rentrés à l'appartement londonien. Ils ont grignoté les en-cas que Jackson avait préparés le matin et ont réchauffé le café.

— Je suppose qu'on devra en discuter avec Phyllis au dîner ce soir, dit Lola en bâillant.

— Oui, et il n'y a pas grand-chose qu'on puisse faire maintenant. Les intrus sont sûrement partis. On pourrait peut-être rentrer à la maison et se reposer. Ça a été une longue nuit, répondit Devlin.

— En effet, acquiesça Simon. Laissez-moi faire un saut pour m'assurer que la voie est libre.

Simon invoqua une porte et disparut en un éclair.

Lola commença à ramasser les assiettes et les tasses pour les apporter à la cuisine. Devlin se leva pour l'aider, mais Lola secoua la tête. Par la pensée, elle lui dit qu'elle et Jackson pourraient avoir besoin d'un moment seuls. Devlin s'allongea sur le canapé et ferma les yeux.

— Je suppose que mon rôle est terminé pour l'instant, dit Jackson alors qu'ils chargeaient le lave-vaisselle.

— Qu'est-ce qui est prévu ensuite ? demanda Lola.

— Vu que je suis arrivé hier seulement, tout mon voyage est devant moi. Je me sentirai mieux en sachant que tu es en sécurité, dit-il.

— Je pense que le pire est passé, répondit Lola en essuyant le comptoir.

— Alors, Tom... c'est ton petit ami ? demanda Jackson.

— Euh, oui, je suppose, répondit Lola, mal à l'aise face à cette ligne de questionnement.

Le téléphone de Lola sonna, et elle sursauta. Elle vérifia le numéro, pensant que ce pourrait être Phyllis appelant du numéro de Boris. Mais c'était le numéro de Tom qu'elle vit à l'écran.

— C'est Tom, dit-elle en retournant dans le salon. Elle poussa Devlin, qui ouvrit immédiatement les yeux. Tom m'appelle, que devrais-je dire ? lui demanda-t-elle.

Devlin s'assit et répondit :

— La même chose qu'on a dit à Phyllis.

Lola répondit à l'appel.

— Salut, Tom... Je vais bien, merci. Je suis avec Phyllis et Boris, dit-elle, réalisant que ce ne serait peut-être pas une bonne idée de dire qu'elle était rentrée chez elle au milieu de l'effraction. Je suis désolée si tu t'es inquiété. Mais Devlin ne se sentait pas bien, et on ne voulait réveiller personne au milieu de la nuit.

Jackson et Devlin prêtaient une attention particulière à sa conversation.

— Écoute, Tom, on est sur le point de déjeuner, je peux te rappeler plus tard ? dit Lola.

Elle accepta de le rappeler dans quelques heures. Mais juste avant de raccrocher, Tom dit quelque chose d'étrange, et elle fronça les sourcils.

— Qu'est-ce qui ne va pas ? demanda Devlin après qu'elle eut remis son téléphone dans sa poche.

— Tom a dit : *Je sais à quel point tu aimes faire partie de la bande et je suis désolé que tu manques le reste des festivités*, répondit Lola.

Ce fut au tour de Devlin et Jackson de froncer les sourcils.

— Je suppose qu'il ne te connaît pas si bien, hasarda Jackson.

— Non, tout le monde à l'école sait que Lola préfère être seule ou avec un très petit groupe d'amis, affirma Devlin. Y compris Tom. Je pense qu'il essayait de te prévenir de quelque chose. Mais de quoi ?

— Dans ce cas, peut-être que son oncle l'a poussé à passer l'appel, et c'est la façon de Tom de dire que quelque chose ne va pas, proposa Jackson.

— Tu as peut-être raison. C'était une chose étrange à dire et pas du tout la façon dont on termine habituellement nos appels téléphoniques, dit Lola, rougissant maintenant à l'implication qu'ils terminaient généralement leurs appels avec des trucs mielleux.

Elle fut sauvée d'un embarras supplémentaire quand Simon revint.

— Tout est clair à la maison. J'ai vérifié les caméras de surveillance dans ton bureau, Jackson. D'après ce que je peux dire, les intrus sont partis peu après nous et ne sont pas revenus, dit Simon.

Devlin regarda sa montre.

— Il est environ six heures du matin en Virginie et la maison est vide. On pourrait rentrer à la maison et se reposer jusqu'à ce que Phyllis rentre, suggéra-t-il.

— Bon plan, je suis si fatiguée que je suis sur le point de m'écrouler, répondit Lola.

Ils dirent au revoir à Jackson et lui souhaitèrent un bon voyage, promettant d'appeler ou d'envoyer un message si quelque chose se passait.

Dès qu'ils furent à la maison, Lola ferma ses rideaux, se déshabilla jusqu'aux sous-vêtements et tomba dans son lit.

ELLE SE RÉVEILLA dans un état brumeux, se demandant où elle était. En s'asseyant, son esprit s'éclaircit, et elle se souvint des derniers événements étranges et déroutants qui constituaient sa vie. Malgré tout, elle était contente d'être à la maison.

Elle se leva, alla à la salle de bain et prit un verre d'eau. Elle mourait de faim. En retournant au lit, elle débrancha son téléphone du chargeur et vérifia l'heure. Il était treize heures.

Elle trouva sa robe de chambre dans le placard, enfila une paire de pantoufles et se dirigea vers la cuisine. Elle fut heureuse de la trouver vide. Papa et Devlin étaient soit déjà passés, soit encore endormis. Elle se demanda si son père avait dormi dans sa chambre maintenant en 2020, ou s'il était retourné à son époque pour vérifier comment allait sa Phyllis.

Lola prépara une cafetière, puis s'attela à la tâche de faire des œufs et du bacon. Elle trouva des muffins aux myrtilles dans le congélateur et en mit un à décongeler dans le micro-ondes. Quand elle eut terminé, elle chargea son festin sur un plateau et le rapporta dans sa chambre.

Elle posa le plateau sur sa table bistrot. Elle aurait aimé avoir un balcon comme Phyllis, mais elle était plus que satisfaite de sa tour. Elle se dirigea vers la cheminée et constata que tout était déjà installé. Elle n'avait qu'à allumer la bûche d'allumage. En quelques minutes, elle avait un feu rugissant. Elle diffusa de la musique relaxante sur l'enceinte portable et commença à manger. Ce serait son moment de soin personnel de la journée puisqu'elle n'avait pas pu faire sa méditation.

Quand elle eut terminé, elle apporta une autre tasse de café dans sa mezzanine et vérifia ses e-mails. Il y avait un e-mail de Jane, demandant une mise à jour sur la situation "Tom". Lola n'était pas d'humeur à répondre à ce moment-là et ferma l'ordinateur portable.

En redescendant, elle se laissa tomber sur son lit, avec l'intention de lire. Mais la combinaison du petit-déjeuner et de la chaleur dans la pièce l'avait rendue somnolente. Elle enleva ses pantoufles d'un coup de pied, se débarrassa de sa robe de chambre et retourna dormir.

CHAPITRE 15
SIMON

S imon était retourné à son époque. Une fois rentrés de l'appartement londonien, Simon avait demandé à Devlin d'invoquer la Montre Temporelle pour qu'il puisse voyager dans le temps et vérifier comment allait Phyllis. Il était parti depuis lundi, et Phyllis allait sûrement s'inquiéter. Au minimum, il devait lui dire qu'il pourrait s'absenter quelques semaines, si l'autre Phyllis acceptait de passer deux semaines à Summerset.

Pour sa part, il mourait d'envie d'y aller. Pendant leur visite, Simon avait réalisé que les Hauts Elfes ou les Elfes Anciens avaient probablement des connaissances médicales avancées et pourraient guérir son cancer. Il pourrait arrêter de sauter dans le temps à la recherche de prétendus remèdes miracles.

Au minimum, un séjour à Summerset allait certainement lui apporter de vastes quantités de connaissances intéressantes. De plus, c'était une terre si belle qu'il pouvait simplement considérer cela comme des vacances. Il avait eu très peu de temps libre depuis son diagnostic. Il avait tellement voyagé à la recherche de réponses sur les Clés, les Archives et les artefacts, puis pour essayer de trouver un remède, que Simon se demandait comment il n'avait pas encore succombé à la fatigue.

Après avoir pris des nouvelles de Phyllis, il était allé se coucher et s'était réveillé en milieu d'après-midi. Il avait pris une douche revigorante, s'était habillé et avait embrassé sa sœur pour lui dire au revoir. Il avait prévu de dîner... avec ses enfants.

CHAPITRE 16
PHYLLIS

Quand Phyllis rentra chez elle, elle alla directement à la cuisine. Elle avait envoyé un message aux enfants pour qu'ils commencent à préparer le dîner plus tôt. Il était déjà 17 heures, ils devaient donc avoir commencé. Elle avait été retardée, car Boris et elle avaient décidé d'aller voir un film en après-midi. Elle savait qu'elle rentrerait tard, mais elle pensait que les enfants pourraient bénéficier de quelques tâches supplémentaires, surtout après avoir dû rentrer à la maison pour cause d'excès lors de la fête. C'était en fait l'idée de Boris, mais personne n'avait besoin de le savoir.

Ils étaient dans la cuisine, en plein travail. Selon ses instructions, Lola avait commencé à décongeler le ragoût de Brunswick que Marie avait préparé avant de partir. Un délicieux mélange de tomates, de haricots de Lima, de maïs, de gombo, de légumes frais du jardin et de venaison.

Devlin préparait une salade du jardin et Lola coupait du pain qu'elle plaçait dans une corbeille. Phyllis posa la boîte de pâtisserie qu'elle portait sur le comptoir. Elle s'était arrêtée à la boulangerie après le film pour acheter un gâteau Napoléon. C'était une sorte de gâteau aux crêpes et à la crème pâtissière. Les enfants allaient l'adorer.

— Tout semble être sous contrôle ici ! dit-elle, les mains sur les hanches, en regardant ses petites abeilles s'affairer.

— Phyllis ! s'exclama Lola, lâchant son couteau et courant vers sa tante pour un câlin.

Devlin s'essuya les mains sur le tablier qu'il portait et se dirigea également vers Phyllis. Comme Lola n'avait pas encore fini d'étreindre leur tante, Devlin entoura ses bras autour d'elles deux et les serra fort.

— Mes chéris, ne vous méprenez pas, j'adore cette attention, mais je vous ai vus hier. Vous agissez comme si vous ne m'aviez pas vue depuis une semaine ! rit-elle doucement, essayant de se dégager. Elle embrassa chacune de leurs joues et les regarda dans les yeux. — Il s'est passé quelque chose ? demanda-t-elle, inquiète maintenant.

— Attendons Papa ; il vient dîner, dit Lola.

— Simon ! Mais on ne l'a pas vu depuis des semaines ! s'écria Phyllis.

— C'est une longue histoire. Il s'est passé beaucoup de choses depuis que tu nous as laissés chez Tom hier matin, dit Devlin.

Phyllis prit une profonde inspiration et redressa les épaules. — N'est-ce pas toujours le cas ces jours-ci ? dit-elle avec un soupir. — Très bien, alors. Lola chérie, mets le ragoût au four, il devrait être assez chaud maintenant. Règle la minuterie pour 18 heures. Devlin, mon chou, va à la cave et prends une bouteille, non, deux bouteilles du Early Mountain Eluvium 2016. Je vais monter me doucher et me changer, et je vous suggère de faire de même, dit-elle, en regardant le bas de pyjama de Lola et l'ensemble jean et t-shirt de Devlin. — C'est le dîner du dimanche, ajouta-t-elle avant de quitter la cuisine en dansant.

DE RETOUR DANS SA CHAMBRE, Phyllis regarda sa montre et décida qu'elle avait le temps pour un bain rapide. Elle fit couler l'eau, ajouta des pétales de rose et du sel d'Epsom dans la baignoire, et alla choisir une tenue. Elle s'était fait coiffer hier et ses cheveux étaient encore beaux. Elle mit un bonnet de douche et se glissa dans la baignoire.

Elle et Boris avaient passé un week-end agréable, aussi court fût-il. Les choses allaient bien de ce côté-là. *Si seulement c'était aussi facile à la maison !*

Elle avait des sentiments mitigés concernant le trimestre d'automne à venir. D'un côté, elle retrouverait sa vie et pourrait passer plus de temps avec Boris quand les enfants partiraient à l'université. De l'autre, elle aurait aimé avoir plus de temps avec eux pendant l'été.

Toute cette histoire avec les nouveaux artefacts, et les gens qui essayaient de les voler, était plutôt bizarre. Tout avait été si simple pour Simon et elle. On obtenait une Clé, et on Voyageait. C'était devenu très compliqué maintenant.

Elle se força à vider son esprit et à se détendre paisiblement pendant les dix dernières minutes. Profitant de l'eau chaude, elle joua distraitement avec les pétales. Elle se sentait déjà mieux et avait hâte de voir son frère.

ELLE DESCENDIT quelques minutes avant 18h30 pour préparer des cocktails pour Simon et elle, mais il l'avait devancée. Il avait l'air si élégant dans son costume gris. Bien sûr, il datait de quinze ans, mais la coupe classique et le tissu haut de gamme faisaient beaucoup.

— Oh, Simon ! Je pensais ne jamais te revoir ! dit-elle en se précipi-tant vers son frère aîné, mais plus jeune, comme une écolière.

Il se retourna et la saisit par la taille avant de l'envelopper dans ses bras.

— Tu n'as pas changé du tout. Je t'ai vue il y a seulement quelques heures en 2004. Tes cheveux étaient plus longs à l'époque, dit-il en l'embrassant sur la joue. — J'ai préparé tes margaritas préférées.

— Tu lis dans mes pensées, dit-elle en prenant le verre qu'il lui tendait. Ils trinquèrent et allèrent s'asseoir sur le canapé.

— Que s'est-il passé ? Les enfants ont dit que c'était une longue histoire, dit-elle.

— C'est le cas, mais ne t'inquiète pas, tout va bien, dit-il en posant une main rassurante sur son genou.

Lola et Devlin entrèrent, convenablement habillés, et Phyllis sourit d'approbation.

— Si seulement Mamma et Pappa pouvaient être là, dit Phyllis, les yeux humides. — Ils auraient adoré apprendre à te connaître.

— Peut-être pourrions-nous utiliser la Montre à Gousset pour retourner les rencontrer, dit Lola.

— Oh, mon Dieu. Je n'y avais pas pensé, dit Phyllis.

— Comment et quand sont-ils morts ? demanda Devlin.

— Je ne me souviens pas que tu nous l'aies déjà dit non plus. Je suis désolée, je n'ai jamais pensé à demander, s'excusa Lola.

— Ce n'est rien, ma chérie. Nous avons eu tellement d'autres sujets à discuter, ça n'est jamais venu sur le tapis, répondit Phyllis.

Lola se tourna vers son père. — Dans ta lettre, tu m'as dit que tous les Evers, à part toi, avaient vécu longtemps et étaient morts de causes naturelles.

Simon acquiesça.

— Ils étaient tous les deux plus âgés quand Simon et moi sommes nés, dit Phyllis. — Une fois que Simon a été assez grand pour être Gardien, ils ont fait le tour du monde à l'ancienne. Mamma et Pappa sont partis en safari en Afrique. Pas le genre qu'on obtient d'une agence de voyages ; le genre qu'on organise avec un guide local et qu'on paie en espèces. Ils voulaient l'expérience authentique, dit-elle.

Simon soupira. — Ils étaient à Livingstone, en Zambie. Ils étaient tous les deux assez âgés à ce moment-là. Ils avaient passé une longue journée à prendre des photos d'un troupeau d'éléphants. Quand ils sont retournés à leur hôtel, ils sont allés se coucher. Ils ne se sont jamais réveillés.

Lola mit ses mains sur sa bouche. — Vous les avez perdus tous les deux si soudainement ?

— Je pense qu'ils voulaient partir de cette façon, dit Phyllis.

— Les médecins de l'époque ont dit que c'était dû à des problèmes cardiaques, ajouta Simon. — Mais je suis d'accord avec Phyllis. Ils ont quitté ce monde ensemble, comme ils le voulaient.

— Mes condoléances pour votre perte, dit Devlin, en regardant d'abord Phyllis, puis Simon.

Simon se leva et demanda : — Que voulez-vous boire, les enfants ?

Lola demanda un ginger ale et Devlin, qui aurait pu prendre une bière, demanda la même chose après un regard à Phyllis.

— Phyllis, laisse-moi commencer par dire que je n'ai pas abusé de l'alcool à la fête hier soir. Le mensonge fait partie de la longue histoire que nous devons te raconter, dit Devlin, expirant visiblement lorsque Phyllis lui sourit avec compréhension. Comme je te l'ai déjà dit, je n'aime pas particulièrement l'alcool, bien que j'en boive occasionnellement.

— Bien que je ne sois pas très contente du mensonge, je suis heureuse que tu puisses boire de manière responsable, surtout quand tu dois veiller sur ta sœur, répondit Phyllis d'un ton un peu sévère.

— Tout à fait d'accord, acquiesça Simon.

— Je ne suis pas une enfant, riposta Lola.

— Quoi qu'il en soit, il y a eu une effraction ici hier soir. Nous ne pensons pas qu'ils aient pris quoi que ce soit ; ils cherchaient les artefacts, qui étaient en sécurité dans le coffre-fort du bureau de l'avocat, commença Devlin.

— Quelqu'un a utilisé mon sceau et imité mon écriture pour envoyer une note demandant aux enfants de rentrer à la maison, ajouta Simon.

— Et quand nous t'avons envoyé un message pour confirmer, tu as répondu de rentrer à la maison, conclut Lola.

— Oh, doux Seigneur, et vous êtes tombés droit dans leur piège ! s'écria Phyllis.

— C'est là que ça se complique. Papa fait des allers-retours dans le temps depuis un moment, et il a compris que quelque chose allait se passer aujourd'hui. Alors il est arrivé lundi et a travaillé secrètement avec Jackson toute la semaine pour attraper les méchants, expliqua Lola.

— Jackson ? demanda Phyllis.

— On en reparlera plus tard. Il est dans l'appartement de Londres et va parfaitement bien. Ne t'inquiète pas, Phyllis. Après son départ en voyage, je me suis installé dans son bureau pour surveiller les flux vidéo. Je l'ai tenu informé par SMS. Quand je l'ai vu pointer une arme sur les enfants..., dit Simon, mais Phyllis l'interrompit.

— Qui avait une arme ? hurla-t-elle.

— C'était Donatelli, répondit Devlin. Mais nous ne le savions pas à ce moment-là, bien que son accent italien aurait dû nous mettre la puce à l'oreille.

— Ce salaud. L'as-tu abattu avec sa propre arme ? cracha Phyllis, furieuse.

Lola mit une main sur sa bouche pour retenir un rire nerveux, et Devlin lui lança un regard noir.

— Personne n'a tiré sur personne. Je suis intervenu et j'ai sauvé les enfants juste à temps. Nous sommes retournés au bureau de Jackson, puis nous l'avons rejoint à Londres. C'est à ce moment-là que nous t'avons appelée. Comme Donatelli avait ton téléphone, nous avions peur que Boris soit impliqué, et c'est pourquoi nous t'avons appelée avec cette histoire inventée, expliqua Simon.

Phyllis était sous le choc. Qu'était devenue cette famille, pensa-t-elle. Enlèvement, effraction, menaces sous la menace d'une arme. Tout cela en l'espace de trois mois. Elle vida son margarita. Simon lui demanda si elle en voulait un autre, mais elle refusa. Elle regarda sa montre et se leva.

— S'il y a encore plus à raconter dans cette histoire, je pense qu'il vaut mieux que nous passions à la salle à manger. Lola, peux-tu m'aider dans la cuisine ? Les garçons peuvent mettre la table, dit-elle avant de quitter la pièce.

CHAPITRE 17

PHYLLIS

— Eh bien, voilà toute une histoire, dit Phyllis en s'adossant à sa chaise et en sirotant son vin. Et maintenant, ils veulent que nous passions deux semaines avec eux à Summerset Isle ?

— Oui, mais ce serait vraiment comme des vacances. Tu devrais voir, c'est absolument merveilleux, répondit Simon.

— Devrions-nous y rester tout le temps ou pourrions-nous rentrer si nécessaire ? demanda-t-elle.

— Je suis sûr qu'en cas d'urgence, ou si vous avez des engagements préalables, ils seraient très accommodants, répondit Simon.

— Qu'en pensez-vous ? demanda-t-elle à Lola et Devlin.

— Je suis curieux de découvrir leur terre et leur culture. Je pense que c'est une excellente opportunité. Je suis certain que nous apprendrions beaucoup d'eux, dit Devlin.

— Bien que je sois d'accord avec Devlin, j'avais un peu hâte de passer les deux prochaines semaines à la maison, à me détendre avant de retourner à l'école. Mais avec Jackson parti en voyage, ce n'est pas comme si j'avais beaucoup d'amis qui m'attendaient ici. Et nous passerions quand même du temps ensemble en famille, dit Lola.

— De plus, nous et nos artefacts serions à l'abri des voleurs et des intrus à Summerset, ajouta Devlin.

— Oui, c'est un bon point, dit Phyllis en se levant pour débarrasser la table. Lola et Devlin se levèrent et dirent qu'ils débarrasseraient la table à sa place.

— Prendrons-nous le dessert et le café dans le salon ? demanda-t-elle.

— Oui, bonne idée. Je vais t'aider pendant que les enfants nettoient la cuisine.

Ils préparèrent une cafetière, coupèrent le gâteau et les apportèrent sur un plateau avec des assiettes et des serviettes. Les enfants apporteraient le café et les tasses quand ils auraient fini. Simon se versa un verre de porto et en servit un à Phyllis, qu'ils auraient dû boire après le dessert, mais Phyllis ne fit pas d'objection.

— Y a-t-il autre chose que tu ne me dis pas ? demanda Phyllis.

— Eh bien, je ne voulais pas te donner de faux espoirs, mais j'ai essayé de trouver un remède, répondit Simon.

Devant l'expression pleine d'espoir de Phyllis, il leva une main et ajouta : — Mais je n'en ai pas encore trouvé. Seulement des choses qui me font me sentir mieux et semblent ralentir le processus.

Phyllis resta silencieuse. Ils burent leur porto.

— Es-tu retourné voir Maman et Papa ? demanda-t-elle après un moment.

— Oui. J'ai même essayé de les prévenir de mon cancer, mais c'est arrivé quand même. Je ne pense pas que nous puissions changer le passé. Pas les grandes choses, dit-il en s'excusant.

Phyllis hocha la tête : — Cela a du sens. Nous ne sommes pas les seuls à avoir des Montres Temporelles. Si nous pouvions changer l'histoire en remontant dans le temps, cela aurait sûrement un impact sur le continuum espace-temps.

— Je pense que c'est précisément pour cela que les Hauts Elfes nous ont invités à séjourner chez eux. Il est clair que nous avons agi à l'aveuglette pendant des années, voire des générations, et il est temps que nous prenions nos responsabilités pour l'avenir de notre famille, dit Simon.

Devlin et Lola entrèrent dans le salon avec le plateau de café.

— Je suis d'accord. Surtout maintenant que je suis le Gardien et que je suis ultimement responsable des Evers à partir de maintenant, dit Devlin.

— Bien sûr, mon chou. Tu as tout à fait raison. Ce n'est pas seulement un privilège d'être invités à Summerset. Je pense que c'est aussi notre devoir, dit Phyllis. Et en tant que ta tutrice, Lola, quel exemple donnerais-je si je ne faisais pas tout mon possible pour respecter les règles de la Communauté des Voyageurs, et pour m'informer sur toute autre Communauté dont nous pourrions faire partie.

Chacun prit une part de gâteau et une tasse de café. Quand ils se furent réinstallés sur les canapés, Simon dit ce qui était probablement dans l'esprit de tout le monde.

— En effet. Nous faisons peut-être aussi partie de la Communauté Magique. Pour autant que je sache, nos parents n'avaient aucune capacité magique. Phyllis et moi n'en avons certainement pas. Mais étant donné qu'un de nos ancêtres était une puissante sorcière, et le fait que vous deux puissiez communiquer par télépathie, il semble qu'il y ait peut-être plus qu'une coïncidence.

— D'après ce que les Hauts Elfes nous ont dit, il se pourrait que personne n'ait levé le sceau sur les pouvoirs des jumeaux placé sur eux après leur naissance. Donc la capacité magique est restée dormante toutes ces années, suggéra Lola.

— Mais qu'est-ce qui les aurait réveillés ? demanda Devlin.

— Je suis sûr que c'est quelque chose que les Elfes pourraient expliquer ou au moins comprendre, répondit Simon.

— Maintenant que je me suis habituée à toute cette histoire de Voyage, de Marche Temporelle et de Saut entre les Mondes, ça ne me dérangerait pas d'avoir de la magie. La télépathie s'est avérée très utile jusqu'à présent, dit Lola.

— Oui, elle nous a gardés en sécurité, dit Devlin.

— Alors, nous sommes d'accord ? Nous passerons les deux prochaines semaines avec les Anciens et les Hauts Elfes ? demanda Simon, en regardant chacun des membres de sa famille à tour de rôle.

— Je suis partante ! répondit Lola.

— Moi aussi, dit Devlin.

— Moi de même, ajouta Phyllis.

Simon se leva et frappa dans ses mains. — Je vais chercher un stylo et du papier dans le bureau pour que nous puissions écrire notre réponse au directeur Lianon.

— Peut-être devrions-nous nous rendre à la bibliothèque si tout le monde a fini son dessert, dit Phyllis alors que Simon quittait la pièce. J'aurai besoin de consulter mon agenda pour voir ce qui doit être annulé ou reporté. Et nous devrons faire une liste d'instructions et de tâches pour Sally et John pendant notre absence.

— Ne devrions-nous pas aussi contacter nos avocats pour les informer ? demanda Devlin.

— Oui, bien sûr, répondit Phyllis.

— Simon, allume le feu et nous te rejoindrons dans une minute, dit Phyllis, en emportant le reste du gâteau. Lola prit les assiettes et Devlin rapporta le plateau de café à la cuisine.

Quand ils arrivèrent à la bibliothèque, le feu ronflait et Simon était assis dans l'un des fauteuils. Phyllis se dirigea vers le bureau et s'assit. Lola alla s'asseoir en tailleur sur le siège de la fenêtre. Devlin s'assit près de son père.

— Je pense que Devlin devrait écrire au directeur. Il est le chef de famille, après tout, suggéra Simon.

— Je suis honoré, Père. Mais je crois qu'il s'attend à recevoir une lettre de vous dans ce cas, répondit Devlin.

— Puisque je suis assise au bureau, dit Phyllis, pourquoi n'écrirais-je pas la lettre et nous pourrions tous la signer ?

— Une solution diplomatique. J'aime ça, dit Simon.

— Et si je commençais par demander si nous sommes libres de rentrer chez nous si nécessaire, proposa Phyllis. Elle feuilleta son agenda et constata que la plupart de ses engagements étaient sans importance et pouvaient facilement être déplacés. C'est une question de principe.

La lettre fut brève. La réponse arriva rapidement. Ils étaient des invités, pas des prisonniers, et pouvaient rester aussi longtemps qu'ils le souhaitaient.

— Je vais leur dire de nous attendre après le petit-déjeuner demain. Y a-t-il un décalage horaire là-bas ? demanda Phyllis.

— Je ne sais pas comment fonctionne le temps là-bas. Je suppose que nous le découvrirons, répondit Simon.

— Quoi qu'il en soit, Devlin devra s'occuper des comptes et donner des instructions à John. Je m'occuperai de Sally, répliqua-t-elle.

— Et moi ? demanda Lola. En tant que remplaçante, ne devrais-je pas apprendre à gérer la maison quand vous partirez ou jusqu'à ce que Devlin se marie ?

— Tu as tout à fait raison, ma chérie. Je pense que tu es assez mature pour commencer à apprendre à gérer une maison, répondit Phyllis.

— Puisque nous sommes tous des lève-tôt, peut-être que les tâches restantes et la liste pourraient être faites demain matin. Malgré la longue sieste, je suis vraiment très fatigué, dit Simon.

Il les serra chacun dans ses bras pour leur dire bonne nuit et prit une porte pour retourner à son époque.

Les autres se dirigèrent vers leurs chambres, reconnaissants de pouvoir se coucher tôt.

CHAPITRE 18
LOLA

Ils avaient presque terminé leurs tâches lorsque Sally est entrée dans la bibliothèque pour annoncer un visiteur. Un visiteur ? Ce n'était pas le moment pour des visites. Phyllis s'apprêtait à le dire à Sally quand cette dernière l'informa qu'il s'agissait d'Edward Radcliff, leur avocat, et qu'il avait déclaré que c'était une affaire urgente.

— Très bien, conduisez-le au salon et offrez-lui des rafraîchissements, dit Phyllis en soupirant. Que se passe-t-il encore ?

— C'est déjà fait, madame, répondit Sally en sortant.

Ils se dirigèrent vers le salon, saluèrent Edward et s'assirent.

— J'ai bien peur que nous soyons sur le point de partir, Edward. Quelque chose ne va pas ? demanda Phyllis.

— Pas du tout, répondit Edward d'un ton jovial. Je dois vous accompagner dans votre voyage.

— Que voulez-vous dire ? demanda Devlin, perplexe.

— J'ai reçu une invitation du directeur Lianon. Lui et moi nous sommes rencontrés pour discuter de l'implication de ma famille avec la vôtre, répondit-il.

Voyant l'expression inquiète de Phyllis, il ajouta rapidement :

— Je n'ai divulgué aucune information confidentielle sur la famille Evers ou vos affaires, seulement sur les Radcliff.

— Je vois, répondit Phyllis, souhaitant que Simon arrive. Comme s'il avait entendu son appel, Simon entra dans le salon, et Phyllis soupira de soulagement.

— Bonjour, Edward. C'est bon de vous revoir, dit Simon en serrant la main du vieil homme.

— De même, Simon. J'étais justement en train d'expliquer à votre sœur et vos enfants que j'ai été invité à Summerset et que le directeur a suggéré que je voyage avec vous, pour ainsi dire, expliqua Edward.

— Et il a parlé au directeur de l'implication de longue date de notre famille, mais pas des affaires personnelles des Evers, ajouta Devlin.

— D'accord, ça me semble correct, répondit Simon.

— Cependant, je voulais profiter de cette occasion pour discuter d'une question connexe avec vous, dit Edward en regardant Devlin.

— Comme vous pouvez le constater, je ne suis plus tout jeune et je finirai par prendre ma retraite. Aucun de mes enfants n'a fait de droit et aucun des associés du cabinet ne semble être un candidat potentiel pour reprendre la gestion du patrimoine et de l'héritage des Evers, expliqua-t-il.

— Continuez, répondit Devlin.

— C'est la première fois qu'il n'y a pas d'avocat Radcliff pour poursuivre la tradition. Et bien que je sois en bonne santé, je ne vivrai pas éternellement. J'aimerais trouver un successeur digne. Évidemment, le cabinet peut continuer à travailler pour la famille Evers sur les affaires courantes, mais ce qui me préoccupe, ce sont les affaires, disons, irrégulières qui semblent se multiplier exponentiellement ces derniers temps, expliqua-t-il.

— Avez-vous un successeur en tête ? demanda Simon.

— Personne en particulier, mais j'ai pensé que les Hauts Elfes pourraient prendre la relève. Ils ont une très longue espérance de vie et ont été impliqués avec les Voyageurs depuis le tout début, répondit-il.

— En effet, répliqua Devlin.

— C'est le but de ma visite. Pour que je puisse m'assurer par moi-même s'ils sont dignes de confiance. J'aurais aussi besoin de votre approbation, dit-il en s'adressant à nouveau à Devlin.

LE VOYAGEUR DES MONDES

— Encore des décisions ! s'exclama Lola en levant les mains au ciel.

— Je m'excuse pour le stress supplémentaire, mais c'est une question importante et sans précédent, dit Edward.

— Oui, tout à fait. Et une décision qui n'a pas besoin d'être prise immédiatement, répondit Phyllis. Nous pouvons sûrement passer un peu de temps avec les Hauts Elfes et évaluer leurs intentions et leur valeur. Jusqu'à présent, ils ont été très gracieux et compréhensifs envers les manquements de notre famille vis-à-vis de la Communauté des Voyageurs.

— Cela semble juste. Ils ont demandé les journaux, dit Edward.

— Quels journaux ? demanda Lola.

— Chaque avocat Radcliff avait pour tâche de tenir des registres détaillés de ses relations avec les Evers au fil des ans. Avant qu'un nouveau Radcliff ne puisse prendre la relève, il devait lire tous les journaux de ses prédécesseurs, expliqua Edward.

— Combien de journaux y a-t-il ? Pouvons-nous les lire ? demanda Lola.

— Il y en a plus d'une centaine. Je ne vois pas pourquoi vous ne pourriez pas les lire, bien que je doive vous prévenir que la plupart d'entre eux sont assez ennuyeux et difficiles à déchiffrer. Les plus intéressants sont ceux de George Radcliff, le premier avocat, répondit Edward.

— Pourquoi ? demanda Devlin.

— Parce que la plupart de ses rencontres étaient avec Lady Emmeline, la sorcière, dit-il avec un clin d'œil.

— Lady Emmeline ? C'était la fille de Lord John Evers, celle qui a épousé Archibald, n'est-ce pas ? demanda Phyllis.

— Exact, répondit Edward.

— Attendez. Si elle était une Lady et que son père était un Lord, cela signifie-t-il que nous sommes aussi des Lords et des Ladies ? demanda Lola, soudain intéressée.

— J'ai bien peur que non. Comme il n'avait pas de fils, le titre de Lord Evers est revenu à son plus proche parent masculin vivant à sa mort, répondit Edward.

— Zut. Mais ça veut dire que nous avons des parents éloignés qui sont Lords et Ladies, s'exclama-t-elle.

— Très éloignés, dit Phyllis en souriant.

— Avons-nous des parents proches ? demanda Devlin.

— Papa avait une sœur, mais elle n'a jamais eu d'enfants. Tous les parents seraient des descendants vivants des frères et sœurs de notre grand-père, répondit Phyllis.

— Nous pourrions faire des recherches à notre retour. J'ai l'arbre généalogique au bureau. Maintenant, à propos des journaux. Je les ai laissés dans la voiture. Dois-je aller les chercher pour que vous puissiez les lire en même temps que les Hauts Elfes ? demanda Edward en se levant.

— Devlin va vous aider à les porter, dit Simon. Ensuite, nous devrions y aller. Tout le monde a fini de faire ses bagages ?

— Il n'y avait pas grand-chose à emballer ! répondit Lola en riant.

Dans sa réponse, le directeur avait précisé qu'ils n'avaient besoin d'apporter que les articles nécessaires à leur hygiène personnelle. Hormis les artefacts, ils devaient laisser à la maison tous bijoux, objets de valeur et appareils électroniques. Tout ce dont ils auraient besoin, y compris les vêtements, serait fourni. C'était comme partir en vacances tout compris. Lola se demandait s'ils avaient des piscines. Elle avait remarqué que l'air était chaud, bien que pas autant qu'en Virginie en août. Malgré tous les changements qui se produisaient, elle avait hâte de visiter la Patrie des Anciens Elfes.

Peut-être que les Evers devraient aussi commencer à tenir des journaux. Puis elle se souvint qu'ils le faisaient déjà. Chaque Gardien était censé consigner les informations importantes dans les Archives. Mais personne n'avait jamais entendu parler de la sœur. Le sien serait le premier, décida-t-elle. Peut-être que Phyllis pourrait être persuadée d'en faire autant, bien que Lola en doutât. Elle adorait sa tante, mais Phyllis était un peu étourdie et refuserait probablement l'idée d'enregistrer ses pensées pour la postérité. Lola devait admettre que les choses n'étaient devenues intéressantes que lorsqu'elle, puis Devlin, étaient arrivés dans la Famille. Il serait probablement plus juste de dire que les problèmes avaient commencé quand Lola était arrivée. Bien que Lola n'ait jamais été une fauteuse de troubles, et qu'elle souhaitait souvent pouvoir revenir à sa vie de rat de bibliothèque, elle devait admettre que la vie était beaucoup plus amusante ainsi. Et Lola avait le sentiment que les choses allaient devenir encore plus intéressantes.

CHAPITRE 19
DEVLIN

Devlin avait reçu pour instruction d'arriver directement au Pavillon du Conseil. Lorsque la porte s'ouvrit, ils se trouvèrent effectivement devant le bâtiment, et non dans la jungle. Ils pourraient montrer la jungle à Phyllis plus tard.

La porte coulissa et ils entrèrent, suivant le chemin qu'ils avaient emprunté avec le Directeur. Ce dernier les attendait dans l'Atrium avec une Elfe Supérieure. Voyant la boîte que Devlin portait, il proposa de la prendre. Devlin jeta un rapide coup d'œil à Simon pour confirmation et lui remit la boîte.

— Je vais emmener ceci à l'intérieur et présenter M. Radcliff au Conseil, dit-il. Vous vous souvenez peut-être d'Aeriearie. Elle va vous conduire à votre logement pour que vous puissiez déposer vos affaires et prendre vos repères. Vous nous rejoindrez quand vous serez prêts.

Il s'éloigna avec Edward, qui faisait de son mieux pour paraître impassible mais échouait lamentablement. Il se retourna vers eux et leur fit un clin d'œil.

Ils suivirent Aeriearie à travers le hall et sortirent. Tournant à droite, elle les conduisit le long d'un charmant sentier, assez proche du lac pour l'apercevoir à travers les arbres. Phyllis respirait profondément et humait l'air.

— Ça sent tellement bon ici ! dit-elle.

— Je pense que vous détectez l'ozone dans l'air. On me dit que c'est l'odeur qu'il y a sur Terre après qu'il a... Aeriearie s'arrêta, cherchant le mot.

— Plu ? suggéra Lola.

— Oui, après la pluie ! dit Aeriearie avec excitation.

Il était difficile de déterminer son âge ; elle ressemblait beaucoup aux autres Elfes Supérieurs avec ses longs cheveux argentés. Mais il y avait en elle une exubérance attachante. Cela rappelait à Devlin Lola quand elle mangeait un dessert. Joyeuse comme une enfant avec une friandise.

— Il ne pleut jamais ici ? demanda Devlin.

— Jamais ! répondit Aeriearie.

— Mais comment les choses poussent-elles ? demanda Phyllis avec étonnement.

— J'ai la réponse : par magie ! J'ai posé la même question à l'Académie, répondit Lola d'un air autoritaire.

Il ne pleuvait jamais à l'Académie ? Il devait faire plus attention à son environnement.

Aeriearie rit. Cela ressemblait au gazouillis des oiseaux dans un film Disney. Devlin se demanda si elle lui avait jeté un sort. Il essayait de se rappeler ce qu'ils avaient appris sur les Elfes Supérieurs mais il n'arrivait pas à se concentrer. Ses cheveux le distrayaient. Bien qu'il n'y ait pas de vent, les mèches argentées se soulevaient et ondulaient alors qu'elle marchait devant lui.

— Ce n'est pas de la magie ! Summerset est une île peu profonde ; les racines accèdent à toute l'eau dont elles ont besoin depuis le sol et la pluie n'est pas nécessaire, répondit-elle.

— Fascinant ! répliqua Devlin d'un air rêveur.

Simon, qui marchait à côté d'Aeriearie, se retourna et le regarda. Il sourit et donna un coup de coude à Phyllis, qui se retourna également et lui fit un clin d'œil.

Tu devrais peut-être baisser d'un cran ton admiration, dit Lola dans son esprit.

Aeriearie se retourna pour regarder Lola, la tête penchée de confusion.

— Désolée, je parlais à mon frère, dit Lola, puis elle ajouta à l'intention de Devlin, Pardon...

Aeriearie tourna son regard amusé vers Devlin. Mortifié, il pouvait sentir la chaleur monter à ses oreilles. Il afficha ce qu'il espérait être un sourire neutre et vida son esprit comme il l'avait appris en cours de M&M. Elle laissa échapper un petit rire et se retourna rapidement, faisant onduler ses cheveux comme s'ils étaient sur des montagnes russes. Elle avait forcément entendu ses pensées à propos de ses cheveux et de son rire.

Quel idiot ! Elfe Supérieur 101, ils peuvent lire dans vos pensées, et même en y pensant, il se réprimanda pour l'avoir pensé.

Il fut sauvé de nouvelles pensées ou actions embarrassantes ; ils étaient arrivés.

La maison, ou le logement comme l'avait appelé le Directeur Lianon, était presque identique à toutes les autres. Elle ressemblait à une maison blanche d'art déco moderne mais était composée de trois grandes structures oblongues séparées uniquement par des cubes de verre. Ceux-ci devaient être les couloirs qui menaient de l'une à l'autre. Le principal « œuf » était le plus grand. Ils entrèrent par une énorme porte en bois qui s'ouvrit sur des gonds invisibles. Devlin ne voyait pas de poignée, et il n'avait pas vu Aeriearie pousser réellement la porte pour l'ouvrir.

Elle donnait sur l'espace de vie principal, qui contenait des sièges et des tables blancs devant un mur-fenêtre incurvé du sol au plafond avec une vue sur le lac de l'autre côté du chemin. Ils suivirent Aeriearie vers la version elfique d'une cuisine. Il y avait une table avec six chaises, toutes blanches. Le mur incurvé du fond comportait plusieurs petites fenêtres hautes qui laissaient entrer la lumière mais que les humains seraient trop petits pour voir à travers. En dessous se trouvaient un comptoir et des placards. Devlin ne vit aucun appareil électroménager.

Tournant à gauche, ils passèrent par le premier passage vitré. Une fois à l'intérieur du deuxième « œuf », ils virent deux portes.

— Celles-ci mènent aux chambres. Elles sont identiques, tout comme les deux dans l'autre structure, dit-elle.

Elle ouvrit la porte pour montrer à tout le monde son contenu. Il y avait un grand lit, une table de chevet, un fauteuil de lecture et une armoire. Elle ouvrit ensuite l'armoire pour révéler les vêtements et les chaussures à l'intérieur. Il n'y avait pas de miroir.

— Les tuniques d'invités sont identiques, bien qu'elles diffèrent de celles que portent les Elfes Supérieurs, qui sont également différentes de celles des Elfes Anciens. Une fois que vous l'aurez mise, elle s'adaptera à votre silhouette, dit-elle.

— Comme par magie ? demanda Lola avec un sourire.

— Oui, comme par magie ! répondit Aeriearie, amusée.

Elle se retourna et les ramena dans l'espace principal.

— Voulez-vous que je vous attende ou serez-vous capables de retrouver votre chemin jusqu'au Pavillon tout seuls ? demanda-t-elle poliment.

Simon rit et lui dit qu'ils se débrouilleraient. Elle hocha la tête et se tourna pour partir.

— Attendez ! Euh, je n'ai pas vu de salle de bain. Où devons-nous, euh...

Le doigt d'Aeriearie vola vers sa tête, et elle répondit :

— Bien sûr ! Suivez-moi.

Elle tourna à droite, vers le troisième « œuf ». Ouvrant l'une des pièces, Devlin vit qu'elles étaient effectivement identiques. Elle s'approcha de la table de chevet et toucha la surface en verre. Elle s'alluma instantanément.

— On dirait une tablette ! s'exclama Phyllis.

— Oui, c'est similaire dans sa conception et son fonctionnement. Nous avons pensé que ce serait plus facile d'accès pour les humains. Les Elfes demanderaient simplement ce dont ils ont besoin par la pensée. C'est une compétence que vous pouvez apprendre aussi. Mais pour l'instant, tapotez simplement sur l'icône dont vous avez besoin.

Il y avait huit icônes. L'une était pour les lumières. Elle tapota dessus et une échelle coulissante apparut. Elle la fit glisser de faible à fort et la lumière dans la pièce s'intensifia en conséquence. Ensuite, il y avait un verre, qui fit apparaître un verre d'eau sur la table. Une icône avait un bol. Elle était grisée. Aeriearie dit qu'elle ne fonctionnait que dans la cuisine.

L'icône suivante représentait les toilettes. Une fois activée, deux options apparaissaient : toilettes avec fonction bidet, ou uniquement fonction bidet. Elle appuya sur l'image des toilettes et une boîte surgit du sol. Elle avait trois murs, une porte et des toilettes. Quand elle appuya à nouveau sur l'icône, la mini-salle de bain disparut dans le sol.

Il y avait une icône de cascade. Celle-ci menait à deux options : douche ou lavabo. En appuyant sur la douche, une boîte similaire sortit du sol, mais l'intérieur était une douche. Il n'y avait pas de robinets et Devlin ne pouvait pas voir le pommeau de douche.

Voyant leur confusion, Aeriearie expliqua qu'une fois entré dans la douche, on serait d'abord aspergé d'une lotion nettoyante adaptée à son espèce, puis l'eau coulerait pour se rincer. La température de l'eau serait également adaptée à l'espèce de chacun.

— Et si je la préfère plus chaude ? demanda Lola.

— Il suffit de vouloir que l'eau soit plus chaude, ou plus froide d'ailleurs, répondit l'Elfe supérieure.

— C'est trop cool ! s'exclama Lola.

La douche fut renvoyée et le lavabo fut appelé. Il n'y avait pas de boîte, juste un lavabo. Celui-ci avait les robinets habituels.

L'icône suivante était un diagramme de Venn, chaque cercle d'une couleur différente. En appuyant dessus, plusieurs options apparurent : un cube et une sélection de meubles qu'on trouve dans une maison.

— Je sais ce que c'est ! s'exclama Devlin.

Aeriearie lui fit signe d'activer les commandes. Il choisit le cube. Celui-ci se divisa en deux murs, un sol et un plafond. Il choisit le sol, puis sélectionna une couleur dans le kaléidoscope. Le sol devint immédiatement violet. Phyllis et Lola applaudirent.

Aeriearie sourit et dit :

— Les humains sont très faciles à amuser. Vous devriez apprécier encore plus le suivant.

Elle appuya sur une icône « maison » en forme d'œuf. Puis elle choisit l'icône de fleur. Cela mena à une énorme sélection d'images.

Elle sélectionna la plage. L'un des murs se transforma en un écran grandeur nature montrant la plage. Pas seulement une image, mais un flux en direct d'une plage.

Devlin s'en approcha et tendit la main pour la toucher, mais ce n'était qu'un mur.

— Incroyable ! dit Simon.

La dernière icône était un tourbillon argenté, mais elle était grisée.

— C'est un portail ? demanda Devlin.

— Oui, mais il ne fonctionne que dans la zone principale, dit-elle.

— Waouh ! dit Lola.

Aeriearie rit et ajouta :

— Ne vous emballez pas trop. Il a été limité aux emplacements ici sur l'île et n'est en réalité pas très différent de l'utilisation de vos Clés pour ouvrir une porte. D'ailleurs, je dois mentionner qu'elles ne fonctionnent pas ici. Vous pouvez les ranger en toute sécurité pendant votre séjour, car elles vous empêcheraient de traverser le portail. Vous devriez également retirer tout autre bijou.

Elle appuya sur l'icône maison et les ramena dans la zone principale.

— S'il y a quoi que ce soit d'autre, vous n'avez qu'à demander, dit-elle.

— Comment devrions-nous communiquer avec vous ? demanda Simon.

— Appelez simplement mon nom. À voix haute ou dans votre esprit. Je vous entendrai. Si je ne suis pas disponible, j'enverrai quelqu'un d'autre à ma place, dit-elle en quittant la maison.

CHAPITRE 20

LOLA

Dès qu'elle vit Aeriearie de retour sur le chemin, Lola s'exclama :

— Oh mon Dieu !

Elle courut vers l'une des tables d'appoint et tapota sur l'écran.

— Tu peux croire cet endroit ? On dirait tout droit sorti d'Architectural Digest, mais à un tout autre niveau !

— C'est plutôt extraordinaire, en effet, répondit Phyllis.

Avec quelques tapotements supplémentaires, elle avait changé chaque canapé de couleur. Puis vint le tour des murs.

— Ma chérie, je vois bien que tu t'amuses, mais je trouvais le blanc monochrome plutôt apaisant, dit Phyllis, la main frottant son front. Peut-être pourrais-tu décorer ta propre chambre quand tu en auras l'occasion.

— Elle a mon sens des couleurs, dit fièrement Simon.

— Je crois qu'ils nous attendent, dit Devlin, toujours diplomate.

— Tout à fait, répondit Simon. Les enfants, prenez l'œuf de gauche, Phyllis et moi prendrons celui de droite. Déposons nos affaires, changeons-nous pour mettre les tuniques, et retrouvons-nous ici dans, disons, vingt minutes ?

Lola et Devlin se précipitèrent pour choisir une chambre. Comme elles étaient identiques, il n'y avait pas vraiment besoin de se presser, mais Lola était excitée. Elle mourait d'envie d'essayer la douche, mais elle pensait ne pas avoir le temps et se sentirait mal à l'aise d'arriver avec les cheveux mouillés.

Elle ouvrit l'armoire et examina le contenu de plus près. Il y avait deux tuniques identiques, deux paires de chaussures et deux ensembles de ce qui devait être des chemises de nuit. Elles semblaient être faites d'une sorte de lin et étaient de couleur naturelle.

Il y avait de la place pour son sac à dos, alors elle le rangea dans l'armoire. Après des mois à porter sa Clé autour du cou, cela lui faisait bizarre de l'enlever. Elle retira également les boucles d'oreilles qu'elle avait reçues pour son anniversaire de la part de Phyllis et le médaillon de son père. Elle se sentait nue, dépouillée de sa personnalité. Ces trois objets faisaient désormais partie d'elle ; ce n'étaient pas que des bijoux.

Elle enleva son t-shirt et enveloppa les bijoux à l'intérieur, puis plaça le paquet dans la poche avant de son sac. Elle retira ses Chucks, baissa son jean et se demanda si elle devait garder ses chaussettes ou non. Comme aucune n'était fournie, elle supposa qu'elle n'en aurait pas besoin. Elle gardait définitivement son soutien-gorge et sa culotte.

Prenant l'une des tuniques, elle chercha des boutons ou une ferme-ture éclair. Il n'y avait pas d'attaches, mais l'ouverture pour la tête semblait assez large, et l'ourlet était très ample. Elle passa le vêtement par-dessus sa tête et le laissa flotter jusqu'au sol. Elle ressentit un pico-tement sur tout son corps ; une force invisible la serrait. En fait, c'était la tunique qui se resserrait sur elle et s'arrêta juste au moment où elle épousait sa forme sans pour autant mouler son corps.

Était-ce son imagination, ou le beige neutre avait-il pris une subtile teinte violette ? L'ourlet s'était également raccourci et flottait légère-ment au-dessus de ses pieds. Elle prit une paire de chaussures et les posa au sol. Elles ressemblaient à des Mary Janes mais étaient faites d'une sorte de toile. Peut-être que tout était fait de chanvre, pensa-t-elle. C'était une nouvelle tendance sur Terre ; peut-être que c'était d'ici que venait l'idée.

Elle glissa un pied, puis l'autre. Encore une fois, il y eut cette sensa-tion de serrement, mais c'était agréable — comme un massage. En soulevant sa jupe pour regarder ses pieds, elle vit que les chaussures s'étaient moulées à ses pieds. Elles étaient confortables aussi, tout comme la tunique. Elle avait craint que ce soit rêche, mais c'était doux, souple et semblait très respirant. Elle aurait aimé pouvoir voir à quoi elle ressemblait. Elle tourna sur elle-même pour faire tournoyer sa jupe et rit de sa propre bêtise.

Sur une impulsion, elle libéra ses cheveux du chignon lâche qu'elle portait et les secoua. Prenant deux mèches de chaque côté de sa raie, elle les attacha ensemble à l'arrière de sa tête comme elle avait vu certains Hauts Elfes porter leurs cheveux. Il n'y avait aucun moyen qu'ils se fondent dans la masse, étant donné qu'ils étaient trente centi-mètres plus petits que les Elfes, mais au moins elle ne se démarquerait pas trop.

CHAPITRE 21

PHYLLIS

C'était la chose la plus étrange. Une fois que Phyllis eut enfilé la tunique et les chaussures, ses cheveux avaient commencé à pousser jusqu'à atteindre le bas de ses omoplates. Des boucles s'étaient déroulées et tombaient en cascades ondulantes, une ou deux teintes plus claires que sa couleur de cheveux naturelle.

En étendant ses bras sur les côtés, elle vit que les manches effilées s'arrêtaient au poignet, mais la couleur du tissu semblait maintenant plus proche d'un pêche clair. C'était une heureuse coïncidence, pensa Phyllis, car ce serait plus flatteur.

Malgré l'absence de miroirs et les tuniques identiques, il semblait que les Hauts Elfes n'étaient pas totalement dépourvus de vanité. Ou peut-être était-ce leur façon de s'adapter aux différentes teintes de peau des humains. Les Hauts Elfes avaient tous cette peau de porcelaine et de longs cheveux blond argenté.

Lorsqu'elle arriva dans la pièce principale, elle s'arrêta net et laissa échapper un « Oh ! » surpris. Il y avait deux étrangers dans leur maison. Quand ils l'entendirent, ils se retournèrent et, à son plus grand étonnement, c'était Simon et Devlin.

Tous deux avaient de longs cheveux blonds, soyeux et lisses. Leurs tuniques s'affinaient aux hanches et ne s'évasaient pas autant que la sienne. Celle de Devlin avait une teinte bleu clair, tandis que celle de Simon était verte. Ils ressemblaient plus à des frères qu'à un père et son fils, mais ils formaient une belle paire.

Les mains volant vers son visage, elle secoua la tête d'incrédulité.

— Lola ! Il faut que tu voies ça. Viens vite, appela-t-elle.

Lola arriva quelques instants plus tard et vit d'abord sa tante, puis sourit.

— Tu es ravissante, dit-elle.

Elle suivit le regard de Phyllis et s'arrêta brusquement.

— Tu plaisantes, j'espère !

Elle éclata de rire et s'approcha des hommes, tournant autour d'eux et soulevant les mèches de leurs cheveux, bouche bée.

— Est-ce que mes cheveux ont poussé ou changé de couleur ? Je n'ai rien remarqué ! demanda-t-elle en tirant sur ses mèches brunes.

— Je ne crois pas, ma chérie. Mais la coiffure est très seyante. Tu me ferais la même ? demanda Phyllis.

— Vous avez toutes les deux l'air de princesses, dit Simon.

— Alors que nous, on dirait qu'on se rend à une CONVENTION DE COMIC, dit Devlin d'un ton raide.

— Absolument pas, vous avez l'air très élégants et tout aussi virils que les Hauts Elfes, répondit Phyllis en lissant les cheveux de Devlin derrière son oreille. Mon Dieu ! s'écria-t-elle.

— Qu'est-ce qui ne va pas ? demanda Devlin, paniqué.

Les mains volant vers ses oreilles, elle s'exclama :

— Nom d'une cacahuète ! tout en repoussant ses propres cheveux derrière ses oreilles.

Ils vérifièrent tous leurs oreilles et eurent des réactions très différentes en découvrant qu'elles étaient allongées et pointues. Simon rit, visiblement ravi. Devlin regarda son père, glissa ses cheveux derrière son autre oreille et haussa les épaules.

— Ça te va bien, fiston, répondit Simon.

Lola se précipita vers le mur de verre, espérant apercevoir son reflet.

— C'est pour ça qu'ils n'ont pas de miroirs. Dites-moi que c'est temporaire ! dit-elle anxieusement.

— J'espère bien que c'est temporaire. Vous m'imaginez aller à mon club de lecture comme ça ? dit Phyllis, essayant de détendre l'atmosphère. Cependant, je crois qu'on vient de trouver nos costumes d'Halloween pour cette année !

— Bon, tout le monde, prenez une grande inspiration. Nous sommes des invités d'honneur dans un pays étrange. Nous devons accepter que les choses se fassent différemment ici et nous adapter avec autant de grâce que possible. Sommes-nous prêts à rencontrer le Conseil ? demanda Simon.

Ils acquiescèrent et le suivirent jusqu'à la porte. Alors qu'ils s'en approchaient, Simon tendit la main, pensant qu'il pourrait y avoir un détecteur de mouvement, et la porte s'ouvrit vers l'intérieur. Il fit un pas en arrière, puis s'arrêta sur le seuil.

— Nom d'un chien, dit-il en riant.

— Qu'est-ce qui se passe maintenant ? demanda Phyllis.

— Regardez en haut, dit-il en touchant le haut du cadre de la porte.

Phyllis plissa les yeux, confuse. Lola pencha la tête, essayant de comprendre.

Personne ne dit rien pendant une minute. Puis Devlin dit :

— Nous avons grandi !

— Quoi ? s'exclama Lola.

— Les vêtements et les chaussures n'ont pas rapetissé, nous avons grandi ! Quand nous sommes arrivés, la porte faisait presque deux fois notre taille. Mais regardez, rayonna Devlin en atteignant le cadre de la porte comme son père.

— Comment ont-ils fait ça ? Je ne me souviens pas avoir bu ou mangé quoi que ce soit, dit Lola.

— On est à Summerset ma chérie, pas au Pays des Merveilles ! dit Phyllis en riant.

— Mais on n'a pas grandi quand on est venus hier, insista Lola.

— Bien vu, dit Simon en se grattant le menton.

— Peut-être que lorsque nous avons retiré nos Clés et autres ornements métalliques, nous sommes devenus sensibles aux forces gravita-tionnelles de la planète, suggéra Devlin.

— Tu es vraiment un intello. Pourquoi je n'y ai pas pensé ? répliqua Lola.

— D'accord, il est temps d'y aller. Et juste pour info, je pense que ma barbe est sur le point de pousser. Est-ce que ton visage te démange, Devlin ? demanda Simon.

— Non, pas du tout, répondit-il en passant une main sur sa joue.

— Peut-être que ça vient avec l'âge, dit Simon en lui donnant une tape dans le dos. Allez, on y va.

CHAPITRE 22

EDWARD

Alderan travaille au Centre du Savoir. Lorsque nous acquérons des textes d'autres terres, ils sont catalogués, restaurés si nécessaire, traités et placés au Centre du Savoir. Il y a trois équipes de traitement. Il fait partie de la première équipe. Ce sont des lecteurs rapides qui peuvent absorber de grandes quantités de données et les partager avec d'autres. Ils partagent le contenu avec la deuxième équipe, les traducteurs. Ceux-ci traduisent les données dans notre langue, puis dans toutes les autres langues que nous avons acquises. Une fois cette tâche accomplie, la troisième équipe prend le relais. Ils sont chargés de télécharger les informations dans notre banque de connaissances, accessible à la collectivité. Ils les indexent également afin qu'elles puissent être divisées en unités plus petites pour une absorption plus facile, expliqua Saruir.

Edward pencha la tête, confus.

— Je vous prie de m'excuser, mais ne parlez-vous pas anglais en ce moment ? demanda-t-il.

— Si, en effet. En tant que Chef du Conseil, je dois être fluent dans la plupart des langues. Tout comme le Directeur Lianon. Cependant, Alderan a absorbé des parcelles d'anglais britannique et américain avant la réunion, expliqua le Chef.

— Absorbé. On dirait qu'il l'a ingéré, répliqua Edward en riant.

— Ce n'est pas loin de la vérité. Après avoir absorbé des connaissances, on se sent toujours rassasié, répondit Alderan.

— Extraordinaire. Et combien de temps vous faudra-t-il pour lire tous ces journaux ? demanda Edward.

Alderan prit le paquet de journaux de George Radcliff et défit le ruban qui les liait. Prenant le premier, il le feuilleta, puis vérifia si les autres étaient similaires.

— Ce groupe devrait me prendre environ quinze minutes. J'estime qu'il ne me faudra pas plus d'une heure pour l'ensemble. Puis-je les emmener dans mon bureau ? demanda-t-il à Edward.

— Oui, bien sûr, répondit Edward, stupéfait.

Il remit doucement les journaux dans la boîte et quitta la pièce.

Simon et sa famille n'étaient pas encore revenus de leur installation dans leur logement. Edward continua de discuter de son manque de successeur avec le Directeur et le Chef du Conseil.

— Nous avons des associés compétents, dont l'un est récemment devenu partenaire du cabinet. Il est plus que capable de s'occuper des affaires courantes des Evers. Cela nécessitera tout de même quelques étapes préparatoires car certains termes dans leurs documents patrimoniaux sont étranges, faisant souvent référence à des aspects magiques, dit Edward.

— Lianon et moi avons discuté de la question suite à sa conversation avec vous. Nous comprenons votre position et votre désir de prendre votre retraite en paix. Envisageriez-vous de rester comme conseiller, uniquement pour les Evers ? demanda Saruir.

— Je le ferais. Mon père a fait de même, mais avec l'âge, j'ai peur que sa mémoire ne soit plus fiable. Ce sera la même chose pour moi, éventuellement, répondit Edward, tristement.

— Je pense à une situation temporaire. Voici ce que je propose. Je crois que vous employez des assistants juridiques qui ne sont pas avocats mais qui sont liés par les mêmes termes de confidentialité, n'est-ce pas ? demanda Saruir.

— Oui, c'est exact. Nous avons des assistants juridiques et des parajuristes. Ils ont accès à tous nos dossiers, sauf ceux des Evers. Ceux-là, nous les gérons personnellement, expliqua Edward.

— Puisque vous prenez bientôt votre retraite, et parce que les Evers sont votre dossier client le plus important, il ne serait pas inouï d'engager un tel assistant à ce moment-ci, demanda Lianon.

— Ce serait logique, mais notre contrat avec les Evers stipule que seul un avocat Radcliff peut être impliqué, déclara Edward.

— Voici ce que je propose. Summerset pourrait vous fournir un assistant. Le Haut Elfe apparaîtrait humain, comme Lianon l'a fait lorsqu'il vous a rendu visite. Vous pourriez rédiger un nouveau contrat avec les Evers pour permettre cela, avec une stipulation que l'assistant sera remplacé tous les quarante ans environ par un successeur de son choix. Ce serait l'un de nos lecteurs rapides - possiblement Alderan, car il apprécierait le défi et l'opportunité, suggéra Saruir.

— Mais après mon départ, un avocat sera nécessaire, objecta Edward.

— Pendant qu'il sera avec vous, Alderan complétera ses études pour devenir un avocat certifié. Avec ses capacités, cela serait accompli assez rapidement, bien que je comprenne que certaines formalités devraient être observées.

— Normalement, il faudrait au moins sept ans pour obtenir un *Juris Doctor*, généralement requis pour s'inscrire à l'examen du Barreau. Cependant, l'État de Virginie est l'un des quatre États où il est encore possible de *Lire le Droit*. Il existe un programme par lequel une personne peut faire un apprentissage auprès d'un avocat pendant trois ans avant de passer l'examen du Barreau, répondit Edward.

— Splendide, s'exclama Lianon. Si Alderan est d'accord, il pourrait emprunter la voie qui serait la plus rapide pour que vous puissiez prendre votre retraite le plus tôt possible. Cela vous semble-t-il acceptable ?

— Cela semble parfait, dit Edward, qui soupira de soulagement. En supposant que les Evers soient d'accord, bien sûr.

— Bien sûr, répondit Saruir.

Edward s'adossa dans sa chaise et expira, se détendant pour la première fois depuis son arrivée dans cette étrange contrée. Il avait reconnu le Directeur Lianon, bien que ce fût un peu un choc de le voir dans sa vraie forme. L'homme, ou plutôt le Haut Elfe, avait paru légèrement plus âgé que lui lorsqu'ils s'étaient rencontrés dans ses bureaux. Maintenant, il semblait intemporel, tout comme le Chef Saruir. On lui avait dit que Saruir était un Elfe Ancien, mais à part le fait qu'il portait des vêtements légèrement différents, Edward ne voyait pas beaucoup de différence entre les deux espèces. Ce qu'il voyait, c'est qu'il avait l'air plus vieux que tout le monde à Summerset, bien qu'ils aient tous des centaines d'années de plus que lui. Peut-être pourraient-ils lui offrir quelques conseils ou même un tonique qui l'aiderait à vieillir plus gracieusement dans les années à venir. Bien qu'il dût admettre qu'il était excité à l'idée d'avoir un apprenti. Quelle joie ce serait de le façonner pour en faire le meilleur avocat possible, de transmettre sa sagesse comme on le faisait dans les siècles passés.

Il fut tiré de ses réflexions lorsque la porte s'ouvrit et que quatre Hauts Elfes entrèrent. Edward se demanda qui ils étaient. Quand l'un d'eux lui fit un petit signe de la main, il se redressa et fixa bouche bée la famille Evers.

— Bon Dieu, est-ce que j'ai aussi cette apparence ? s'exclama-t-il, regardant Saruir et Lianon avec horreur.

— Non, j'ai bien peur que vous ayez toujours l'apparence de votre moi humain, répondit Lianon en riant. Les humains sans pouvoirs magiques ne changent pas de forme lorsqu'ils visitent Summerset. Cependant, ceux qui possèdent des capacités magiques prennent une apparence elfique tant qu'ils sont ici, à condition qu'ils retirent tout métal de leur personne. Les métaux, en particulier le fer, sont incompatibles avec la physiologie des Hauts Elfes.

Edward poussa un nouveau soupir de soulagement et se leva pour accueillir les nouveaux arrivants.

— Vous êtes ravissante, dit Edward en prenant la main de Phyllis et en y déposant un baiser.

Phyllis gloussa comme une écolière.

— En effet, répondit Lianon en lui prenant le bras et en la conduisant à une place à table.

— Mademoiselle Lola, comme vous êtes charmante, dit Edward avec une petite révérence.

Lola rougit et le remercia. Alderan venait d'entrer dans la pièce derrière eux.

— Puis-je vous escorter jusqu'à la table, Mademoiselle ? demanda-t-il dans un anglais parfait.

— Euh, oui, merci, Alderan, répondit Lola en prenant son bras et en jetant un regard en arrière vers Devlin.

Edward serra la main de Simon et de Devlin. — Vous avez fière allure tous les deux, dit-il en riant, et ils prirent tous place à table.

CHAPITRE 23
SIMON

En peu de temps, les dirigeants du Conseil les avaient rejoints pour élaborer un plan d'action. Simon resterait avec Saruir, le directeur Lianon, Edward et le nouvel Elfe Supérieur nommé Alderan. Phyllis irait avec Rumena pour un cours accéléré sur tout ce qui concerne les Voyageurs et leurs artefacts. Lola et Devlin iraient avec Aeriearie au Pavillon des Sciences pour évaluer leurs capacités magiques.

Alors que les autres membres du Conseil partaient pour poursuivre l'enquête sur les suspects, Saruir s'approcha de Simon et lui demanda s'il pouvait lui parler en privé. Ils s'éloignèrent du groupe.

— Ai-je raison de supposer que vous aimeriez rester une part active de la vie de vos enfants ? demanda le dirigeant du Conseil.

— Eh bien, oui, bien sûr, j'aimerais rester dans leur vie. Mais, comme vous le savez sûrement, je viens du passé et je voyage avec un temps emprunté à cause de ma maladie, répondit Simon.

— Je pense que nous pourrions nous entraider, dit-il de manière énigmatique.

— Que voulez-vous dire ? répliqua Simon, incapable de cacher l'espoir dans sa voix.

— Il n'y a pas de maladie parmi notre peuple, et aucune maladie ne peut exister dans notre monde. En ce moment, vous êtes en parfaite santé et le resterez tant que vous séjournerez à Summerset, dit-il.

— Je vois, dit Simon, abattu. Mais quand je retournerai sur Terre, j'aurai toujours le cancer.

— Si vous restez ici assez longtemps, vous deviendrez éventuellement immunisé contre les maladies terrestres, dit-il joyeusement.

— Combien de temps est-ce suffisant ? demanda-t-il, s'attendant à ce qu'il dise un siècle ou deux.

— Si vous restiez trois ou quatre mois, vous seriez bien parti pour développer une immunité, dit-il. Ensuite, vous pourriez rentrer chez vous et vivre sans vous soucier de la progression du cancer.

— Mais je devrais revenir à Summerset à un moment donné, n'est-ce pas ? demanda-t-il.

— Correct, répondit Saruir.

— Est-ce que je resterais comme ça ? demanda Simon, se désignant lui-même.

Saruir rit. — Non, dès que vous récupérerez votre Clé, vous reviendrez à votre forme humaine.

Eh bien, cela confirme la théorie de Devlin, pensa-t-il.

— Et que ferais-je ici ? demanda-t-il.

— C'est là que nous pourrions nous entraider ! Voyez-vous, l'Académie a besoin d'un professeur d'arts visuels à temps partiel pour le trimestre d'hiver. Comme l'Académie est dans un monde à part, votre maladie ne progressera pas pendant que vous y serez. Au lieu de vivre sur le campus avec les autres membres du personnel, vous vivriez ici à Summerset et feriez la navette via un portail. Vous devrez discuter des détails avec Lianon.

— Le directeur est-il au courant de cela ? demanda Simon.

— C'était sa suggestion, expliqua Saruir.

— Est-ce que je ressemblerais à un Elfe Supérieur à l'Académie ? demanda Simon.

— Pour les quatre premiers mois, ce serait préférable. Et si vous restez à l'Académie pour le trimestre d'hiver, ce serait déroutant pour les élèves si vous redeveniez humain, remarqua Saruir.

— Oui, bien sûr. Je considérerais cela comme un honneur plutôt qu'un fardeau, dit Simon, se détendant pour la première fois depuis des mois.

— Et vous auriez raison, puisque vous deviendrez un Elfe Supérieur honoraire ! répondit Saruir avec un clin d'œil.

Il faisait une blague, pensa Simon, et sourit au dirigeant du Conseil.

— J'accepte votre proposition, dit Simon, plus heureux qu'il ne l'avait été depuis longtemps.

— Vous n'avez pas entendu les conditions, protesta Saruir.

— Très bien, écoutons-les, dit Simon, se préparant.

— Vous ne pourrez plus utiliser la Montre Temporelle ou la Sphère. Elles doivent être remises aux enfants, commença-t-il.

— D'accord. Mais quand je retournerai sur Terre, à quelle époque retournerai-je ? À la mienne ou à celle des enfants ? demanda-t-il.

— Votre temps sur Terre sera limité à des visites à la maison et au domaine des Evers, uniquement dans le présent. Comme vous êtes considéré comme décédé, il serait peu judicieux de vous promener, répondit Saruir.

— Mais ne dois-je pas retourner et, eh bien, mourir ? dit Simon, mal à l'aise à l'idée de sa propre mort.

L'expérience de la mort ne lui était pas encore arrivée, car il voyageait dans le temps avant de mourir. Mais il savait que dans la chronologie, il était effectivement mort d'un cancer en 2005.

— Nous pouvons corriger l'anomalie dans la chronologie qui vous ferait disparaître avant votre propre mort, dit Saruir, balayant cela d'un geste de la main.

— D'accord. Un jour, je voudrai savoir comment vous avez fait ça, mais pas aujourd'hui, dit Simon en secouant la tête. Il y a autre chose...

Saruir secoua la tête, comme s'il savait ce que Simon allait dire. — J'ai bien peur que nous ne puissions pas faire traverser le temps à Elaine Harris. En tant que Voyageur Temporel et Voyageur des Mondes, cette opportunité vous est unique.

Les épaules de Simon s'affaissèrent. — J'avais besoin de savoir malgré tout. Mais si je vais être là pour mes enfants, je ne peux pas me sentir coupable que leurs mères ne le puissent pas.

— En effet. La prochaine condition, au-delà de rester ici pendant quatre mois, est que vous ne pouvez partir que quatre semaines à la fois avant de devoir revenir. Si vous acceptez le poste à l'Académie, c'est de toute façon la durée des vacances entre les semestres.

— Cela semble être suffisant pour passer du temps avec ma famille, répondit-il.

— Chaque fois que vous irez sur Terre, vous vieillirez plus rapidement, avertit Saruir.

— Étant donné que j'ai quinze ans de moins que je ne devrais, je ne vois pas ça comme un problème, répondit Simon avec un petit rire.

— Pour chaque semaine sur Terre, vous vieillirez d'un an, soit huit ans par an, déclara Saruir.

— Je vais devoir faire le calcul. À mon époque, j'avais trente-trois ans, bien que si j'avais vécu, j'en aurais quarante-huit. Dans deux ans, j'aurai rattrapé mon âge actuel. Deux ans de plus me mettent à cinquante-cinq ans. J'aurai quatre-vingts ans quand les enfants seront diplômés de l'Académie. Si je veux vivre plus longtemps, je devrai peut-être réduire le nombre de semaines que je passe sur Terre, dit Simon.

— En effet. Mais n'oubliez pas que vous verrez vos enfants à l'école, et votre sœur pourra vous rendre visite tous les dimanches, dit Saruir, d'un ton plus doux.

— Ça vaut toujours le coup, autre chose ? demanda-t-il.

— Quand j'ai dit que votre temps sur Terre serait limité au manoir et au domaine des Evers, j'impliquais également que vous ne voyageriez plus, dit Saruir, regardant Simon intensément.

— Oui, j'avais compris cette partie. Chaque jour que je peux passer avec mes enfants et ma sœur est un cadeau et vous m'offrez des années et des années. Je ne peux pas refuser, dit Simon, joignant les mains devant lui en signe de reddition pacifique.

— Très bien. J'informerai Lianon de votre acceptation, et nous nous réunirons plus tard cette semaine pour prendre les dispositions nécessaires. Souhaitez-vous en discuter d'abord avec votre famille ? demanda-t-il avant de retourner à la table de réunion où les autres étudiaient attentivement les journaux.

— Non, je sais qu'ils seront d'accord avec moi et ravis de cette opportunité, répondit Simon, souriant de toutes ses dents en rejoignant les autres.

CHAPITRE 24
DEVLIN

L'évaluation de leurs capacités magiques était à la fois très excitante et un peu effrayante. On demanda à Lola et Devlin de monter sur de petites plateformes rondes. Une fois en position, on leur dit de se détendre et de respirer normalement avant d'être enfermés dans des cylindres de verre. De grands disques fixés à un bras robotique s'élevèrent du sol et effectuèrent un scan à 360 degrés jusqu'à leur tête, où ils s'attardèrent un peu plus longtemps avant de redescendre en douceur. Les cylindres se levèrent, et on leur dit de descendre de la plateforme. L'opération entière dura moins de cinq minutes.

On les invita à s'asseoir à une table. À une console voisine, un Haut-Elfe présenté sous le nom de Celenious examinait leurs scans. Il les envoya sur l'écran mural pour qu'ils puissent tous les étudier. Il y avait trois scans : celui de Lola, celui de Devlin, et celui d'un humain « témoin ».

Devlin pouvait voir des différences entre eux et l'humain témoin. Notamment, tout était plus lumineux sur leurs scans.

— Si nous sommes dans des corps semblables à ceux des Hauts-Elfes, comment le scan peut-il être précis ? demanda Devlin, se demandant si cela expliquait peut-être les différences.

MARIE-HELENE LEBEAULT

— L'humain témoin était également dans un corps de Haut-Elfe au moment du scan, répondit Aeriearie. Celenious, pouvez-vous afficher mon scan pour comparer ? demanda-t-elle au Haut-Elfe à la console.

Il apparut d'abord sur son écran, puis il l'envoya sur le plus grand écran qu'ils regardaient.

Si leurs scans avaient été lumineux, le sien était carrément éclatant en comparaison. Chacun de ses systèmes apparaissait en argent ou en or vif, tandis que ceux de Lola et Devlin étaient de couleurs sombres et vives. Les systèmes de l'humain témoin étaient des mêmes couleurs que les leurs, mais plus pâles et irréguliers par endroits.

— Commençons par les systèmes sympathique et parasympathique. Les vôtres semblent sains et forts, circulant facilement. C'est en partie dû à votre âge et, je suppose, à un mode de vie généralement sain. Notre humain témoin a des blocages ici, et là, dit-il en pointant des zones sur le scan.

Lola et Devlin acquiescèrent. Ils avaient étudié une partie de cela en biologie, mais Devlin attendait la grande révélation. Celenious parla longuement de leurs systèmes circulatoires et de leurs méridiens. Devlin commençait à perdre sa concentration quand Celenious zooma enfin sur leurs cerveaux. Les choses devenaient intéressantes.

Il y avait des différences claires entre les quatre scans. Le scan d'Aeriearie montrait une forte activité dans toutes les zones. Le néocortex était considérablement plus grand que dans les trois autres cerveaux affichés. En zoomant davantage, on révélait des millions et des millions de connexions dans toutes les parties de son cerveau. L'image rappela à Devlin cette scène du dernier film *Twilight* où tout était recouvert d'argent. Le cerveau d'Aeriearie, comparé à celui de l'humain témoin, ressemblait à quelque chose sorti d'un film de science-fiction où un scientifique prenait un singe et le transformait en joueur d'échecs intelligent ou en génie mathématique.

Les cerveaux de Lola et Devlin présentaient des similitudes et des différences. Tous deux avaient des hémisphères droits très actifs. C'était là que la plupart des capacités extrasensorielles prenaient naissance. Cependant, chacun d'eux avait différentes parties du cerveau qui contenaient plus de connexions en raison du fait qu'ils utilisaient ces sections plus souvent.

Celenious afficha un autre scan cérébral et le compara à celui d'Aeriearie. Il avait également un néocortex plus grand et un grand nombre de connexions argentées, mais sa forme était différente de celle d'un cerveau humain.

— Est-ce un cerveau de dauphin ? demanda Devlin, se souvenant avoir regardé un documentaire sur l'intelligence des cétacés.

— Correct ! s'exclama Celenious, rayonnant vers Devlin comme s'il était un élève modèle.

Devlin n'avait aucune idée de l'âge de Celenious, mais il appréciait tout de même les éloges. — Les cétacés incluent les baleines, les marsouins et les dauphins, et bien que tous soient considérés comme intelligents, les capacités des dauphins semblent surpasser toutes les autres, ajouta-t-il.

— Les dauphins partagent nos capacités à communiquer entre eux, ainsi qu'à partager des connaissances et l'écholocalisation, expliqua Celenious, qui développa ensuite le sujet jusqu'à ce qu'il remarque que Lola s'agitait.

Devlin voyait aussi qu'elle avait besoin de bouger.

Aeriearie suggéra qu'ils procèdent à des tests individuels et que peut-être Devlin et Celenious continuent leur discussion en privé.

Devlin était ravi, et Lola parut momentanément soulagée. Puis Devlin vit une expression inquiète se glisser sur son visage.

Qu'est-ce qui ne va pas ? demanda-t-il dans son esprit.

Quel genre de tests penses-tu qu'ils vont faire ? répondit-elle.

Je suppose des tests cognitifs non invasifs, répliqua-t-il.

Mais pourquoi devons-nous être séparés ? demanda-t-elle.

Sûrement pour tester nos capacités télépathiques, répondit-il. *Ne t'inquiète pas, Lola.*

Elle hocha la tête et partit avec Aeriearie.

CHAPITRE 25
PHYLLIS

hyllis n'avait jamais voulu partir. Quand Lola avait dit en plaisantant que leur séjour ici serait comme aller dans un complexe tout compris, elle ne se doutait pas à quel point cela allait se révéler prophétique.

En quittant le Pavillon du Conseil, Rumena l'avait conduite au Centre du Savoir. Phyllis avait supposé que c'était un mot élégant pour désigner une bibliothèque. Le bâtiment était de conception similaire à celui qu'elles venaient de quitter, et se trouvait à une courte distance de marche, sur un chemin s'éloignant du lac cette fois-ci.

Une fois à l'intérieur, Phyllis fut étonnée de constater que c'était une ruche d'activité. Il y avait plusieurs salles de réunion où des groupes d'Elfes Hauts ou Anciens discutaient de divers sujets, et d'après les expressions animées sur les visages qu'elle pouvait voir à travers les cloisons vitrées, les sujets semblaient très intéressants.

Il y avait deux grandes salles de classe. Des Elfes Anciens instruisaient des Elfes Hauts qui semblaient boire leurs paroles.

Au milieu de la pièce, il y avait des tables et des chaises. Certaines étaient occupées par des personnes lisant des parchemins ou des livres. D'autres étaient remplies d'Elfes qui avaient les mains jointes autour de cubes blancs, les yeux fermés, les paupières frémissant rapidement.

C'était peut-être une forme de méditation énergétique. Elle devrait demander à Rumena, mais pour l'instant, elle se contentait d'observer.

Elles se dirigèrent vers le fond de la pièce où s'élevaient trois hautes colonnes jusqu'au plafond. Chacune portait un symbole que Phyllis ne reconnaissait pas. Rumena choisit la colonne du milieu et s'arrêta devant. Elle ferma les yeux et leva une main. Elle la maintint proche de la colonne sans toucher la surface. En quelques secondes, un tiroir invisible glissa silencieusement. Un cube blanc y était niché. Rumena le prit et fit signe à Phyllis de la suivre dans l'une des salles de réunion.

— Normalement, nous nous installerions à l'une des tables. Mais comme nous aurons peut-être besoin de discuter de quelques points, il vaut mieux que nous prenions une salle. Je crois que c'est une pratique courante dans vos bibliothèques également. N'est-ce pas ? demanda-t-elle.

Phyllis acquiesça et suivit Rumena dans une salle où elle s'assit.

— Il existe trois façons d'acquérir des connaissances à Summerset. La première est instantanée et se produit par télépathie grâce à l'intention. C'est utile pour les tâches quotidiennes, ou pour des connaissances que vous n'avez pas besoin de retenir mais dont vous pourriez avoir besoin à tout moment, expliqua l'Elfe Haute.

— Comme Google, répondit Phyllis.

Rumena était manifestement familière avec la culture terrestre et rit. — Oui, mais beaucoup plus rapide et sans avoir besoin d'appareil ! s'exclama-t-elle.

— Ce serait très utile. Surtout qu'en vieillissant, on devient oublieux, dit Phyllis avec un soupir.

— Même selon les standards humains, vous n'êtes pas vieille. Quel âge avez-vous ? demanda Rumena, évaluant sa nouvelle amie.

— J'ai quarante-six ans, répondit Phyllis.

— C'est un bébé ici ! J'ai 124 ans, avoua fièrement Rumena.

— Et pourtant vous ne faites pas un jour de plus que quarante ans, répliqua Phyllis.

— Assez de cela, bien que j'admette que cette coutume humaine de faire des compliments soit amusante, déclara-t-elle. La deuxième méthode d'acquisition des connaissances est la manière traditionnelle, par la lecture de textes et l'écoute de cours. Aussi ancienne que soit notre civilisation, nous ne pouvons pas la contourner puisque c'est encore la façon dont de nombreux mondes, y compris la Terre, transmettent le savoir.

— C'est ce qu'ils font dans les grandes salles là-bas. C'est ça ? demanda Phyllis, en montrant du doigt les salles de classe.

— Oui, aujourd'hui les cours sont donnés par des Elfes Anciens. Mais parfois nous avons des conférenciers d'autres mondes. C'est des plus enrichissant ! dit Rumena, les yeux brillants.

— Et les salles de réunion ? demanda Phyllis.

— Comme vous pouvez l'imaginer. Certains sont des étudiants collaborant sur un projet, d'autres débattent de sujets, tandis que d'autres travaillent sur de nouvelles politiques ou initiatives, dit Rumena.

— D'accord, quelle est la troisième façon ? demanda Phyllis.

— L'apprentissage par osmose, annonça l'Elfe Haute.

Phyllis cligna des yeux.

Rumena plaça le cube devant Phyllis. — Nos connaissances peuvent être transmises par le toucher à n'importe quel être de n'importe quel monde. Je pourrais simplement prendre votre main et vous les envoyer. Cependant, tous les êtres n'ont pas la capacité de traiter toutes ces informations d'un coup. La plupart n'en ont pas besoin. La seule fois où ce serait nécessaire, c'est si j'étais le dernier être de mon monde et que je devais transférer les connaissances rapidement pour qu'elles ne soient pas perdues, dit sérieusement Rumena.

Phyllis garda son célèbre sang-froid du sud et hocha la tête pour que sa compagne continue.

— Nous avons indexé nos connaissances et les avons divisées en parcelles plus gérables, adaptées aux capacités et au domaine d'intérêt de l'être. Ce cube contient les connaissances qu'un Voyageur acquerrait durant son premier Programme d'Été à l'Académie, expliqua-t-elle.

— Et je place simplement mes mains autour du cube et je ferme les yeux ? demanda Phyllis.

— Exact, cela prendra moins d'une minute, dit Rumena.

— Est-ce que ce sera... inconfortable ? demanda Phyllis.

— Votre pouls pourrait être élevé, et certaines personnes ont signalé se sentir étourdi, mais seulement pour un moment. C'est la plus petite parcelle que je puisse vous donner. Après celle-ci, nous déciderons si vous voulez arrêter, continuer à ce rythme, ou augmenter la dose, pour ainsi dire, expliqua-t-elle.

Phyllis prit une profonde inspiration et plaça ses mains sur la table de chaque côté du cube.

Quand elle fut prête, elle enferma le cube dans ses deux mains et ferma les yeux. Bien que Rumena ait dit que cela prendrait moins d'une minute, pour Phyllis l'expérience sembla durer les deux semaines complètes. Le cube ne contenait pas seulement des informations, il contenait des sentiments, des impressions et des expériences moment par moment comme manger dans la salle à manger, dormir dans le dortoir, prendre des notes, s'amuser au barbecue, apprendre à méditer, et ainsi de suite. C'était comme s'ils avaient enregistré tous les aspects de l'expérience de chaque étudiant de première année, les avaient mélangés et téléchargés dans la mémoire de Phyllis.

Quand elle ouvrit les yeux, elle ne se sentait pas étourdie. Elle se sentait euphorique, fatiguée et... vivante !

— Sapristi ! s'exclama Phyllis, lâchant le cube et se levant. Elle était pleine d'énergie maintenant.

— Puis-je en avoir un autre ? dit-elle, se sentant comme une accro.

Rumena gloussa et se leva pour rapporter le cube et en récupérer un autre.

— Encore une, et ensuite nous irons au spa, dit-elle en sortant de la pièce.

Et la voilà, non pas au spa, mais au Centre de bien-être. Elle avait pris une longue douche chaude. Cela avait été une expérience en soi, car elle n'avait pas réalisé qu'il fallait demander à la douche de commencer. En réalité, on était censé *vouloir* que la douche démarre puis s'arrête. Mais il semblait que malgré des années de méditation et des origines magiques, ce n'était pas une compétence qu'elle possédait.

Après sa douche, elle avait enfilé un peignoir et rejoint Rumena dans la grande salle. De là, elle pouvait choisir parmi divers soins, similaires à ceux que l'on trouverait dans un spa sur Terre, sauf que tous les produits provenaient de l'île. Pas de crèmes ni de potions faites à partir d'ingrédients, mais de la vraie boue de la cascade, de l'eau minérale d'une grotte, du nectar de fruits et des pétales de fleurs.

C'était sa récompense pour avoir terminé les deux premiers volets du Programme d'été. Elle se sentait chanceuse - Lola et Devlin devaient vraiment assimiler cinq ans d'informations en deux semaines, sans l'expérience. *Ils ont dû avoir tellement de questions* ! Elle était maintenant heureuse de ne pas avoir harcelé Rumena avec d'innombrables questions sur le chemin du Centre de la Connaissance, car toutes avaient trouvé leurs réponses.

C'est ça la belle vie. Je me demande pourquoi je n'en fais pas plus chez moi. Les Hauts Elfes avaient l'air fantastiques et jouissaient de vies longues, heureuses et saines. Et apparemment, cela faisait partie de leur routine. Elle ajouterait plus d'activités de soin personnel à la sienne - au-delà du yoga, de la méditation et des soins pour ses cheveux et ses ongles.

Après le bain de boue, elle prit une douche et eut droit à un gommage complet du corps suivi d'un massage. Elle avait hâte d'entendre ce que les autres avaient fait de leur journée.

CHAPITRE 26

LOLA

Une fois leurs examens analysés, Lola partit avec Aeriearie, tandis que Devlin resta au laboratoire avec l'autre scientifique pour des tests en tête-à-tête. Lola était réticente à partir, car elle se sentait plus en sécurité avec Devlin. Mais Aeriearie insista pour qu'ils soient testés séparément afin d'obtenir des résultats précis.

Elles n'allèrent pas loin, et Lola se sentit stupide d'avoir voulu rester avec son frère. Les salles de test étaient juste à côté du laboratoire principal. Elle vit Devlin et son examinateur se diriger plus loin dans le couloir. Dans le pire des cas, elle pourrait simplement l'appeler par télépathie, bien qu'Aeriearie l'entendrait sûrement.

— Comment puis-je volontairement bloquer mes pensées pour vous ? demanda-t-elle.

— Je vous le montrerai quand les tests seront terminés, car entendre les pensées sera nécessaire pendant nos examens, répondit l'Elfe Supérieure.

La première partie du test ressemblait à une évaluation psychologique standard. Les questions et les images à interpréter étaient similaires à celles d'une évaluation que Lola avait dû passer après la mort de sa mère. La conseillère en deuil de l'école s'était inquiétée de la dépression et de l'anxiété, mais avait constaté que Lola s'en sortait bien et était apte à poursuivre ses études jusqu'à la fin de l'année scolaire.

La partie suivante était une évaluation de la motricité fine et globale ainsi que de la coordination, suivie de tests d'acuité visuelle et auditive. Elle avait une bonne idée des résultats de ces tests également. Elle avait d'excellentes compétences en motricité fine, de terribles compétences en motricité globale, une vision parfaite et une excellente audition.

La dernière série de tests était la plus intéressante — ils devaient mesurer sa perception extrasensorielle telle que la télépathie, la précognition, la télékinésie, la clairvoyance et la projection astrale.

Elle savait déjà qu'elle avait certaines capacités télépathiques, mais elle fut surprise d'apprendre qu'elle avait aussi des capacités de clair-voyance. Aeriearie lui fit deviner des images sur des cartes cachées à sa vue. Les images étaient une combinaison de couleurs, de formes et de dimensions qu'elle ne pouvait pas deviner au hasard avec une probabi-lité de précision définie, comme si elles n'étaient que des couleurs ou des formes. Son taux de précision était de quatre-vingt-dix pour cent, et Aeriearie dit qu'elle pourrait s'améliorer au point d'être correcte à 100 % de façon constante. La précognition était difficile à mesurer car cela lui semblait relever de la logique et de la déduction. Aeriearie lui racontait une histoire et lui demandait ce qui allait se passer ensuite. Apparemment, elle était plutôt douée pour cela, mais il y avait toujours place à l'amélioration.

Elle n'avait aucune capacité naturelle pour la télékinésie, mais Aeriearie dit que cette partie du cerveau montrait une prédisposition et qu'elles y travailleraient pendant la semaine. Le test final était la projection astrale ou l'expérience hors du corps. Elle savait que Phyllis pouvait le faire, comme elles l'avaient découvert lors de son enlèvement, donc elle devrait pouvoir le faire aussi. Aeriearie lui fit fermer les yeux et se concentrer sur sa respiration pendant un moment pour atteindre un état méditatif. Puis elle la guida à travers une méditation vers un endroit qui lui était inconnu, et lui demanda de décrire ce qu'elle voyait. Cela fut suivi d'un autre endroit, puis d'un autre. Elle ramena Lola à sa position actuelle mais lui demanda de rester dans l'état méditatif. Un certain temps s'écoula avant qu'elle ne demande à Lola de retourner au deuxième endroit, qui était le sommet d'une colline. C'était son préféré, et la vue était spectaculaire. Elle reconnut la vallée de Summerset. Elle pouvait voir le lac, les Pavillons, le chemin, les maisons et la jungle ou la forêt au-delà. C'était vraiment à couper le souffle. Elle entendit un bruit derrière elle et se retourna pour voir. C'était Aeriearie ! Elle rejoignit Lola près du bord de la falaise et contempla sa terre, un sourire serein sur le visage.

— On me dit qu'il y a des endroits d'une beauté égale sur Terre, dit-elle.

— Oui, il y en a. Mais l'air ici est plus doux, et l'énergie est plus forte, répondit Lola.

— Asseyons-nous un moment, suggéra Aeriearie, et elles s'assirent en tailleur sur un rocher proche.

Il n'y eut pas de conversation pendant au moins quinze minutes. Elles étaient toutes deux dans une contemplation silencieuse, contentes de simplement profiter du moment, de la vue, des sons, des odeurs et de la sensation de l'air. Lola prit de profondes inspirations, expirant lentement. Plus elle en prenait, mieux elle se sentait, jusqu'à ce qu'elle se sente si euphorique qu'elle se demanda si l'air était addictif.

Il ne l'est pas, répondit Aeriearie dans son esprit. *Ce que vous ressentez est un état de béatitude ou d'énergie purement positive. Une connexion à tout ce qui est.*

Est-ce ainsi que vous vous sentez tout le temps ? demanda Lola.

La plupart du temps. Mais parfois, ce n'est pas pratique d'être dans un état de béatitude, répondit Aeriearie.

— Que voulez-vous dire ? demanda Lola, sortant de ses pensées.

— Laissez-moi vous montrer, dit sa compagne.

Au lieu de mots ou de pensées, Aeriearie envoya des images et des expériences à Lola. Elles étaient si vivides que Lola fut transportée à l'époque et à l'endroit qu'Aeriearie décrivait. Elle était dans une pièce avec d'autres Elfes Supérieurs, débattant d'un sujet avec beaucoup d'animation. Elle chercha sa nouvelle amie du regard, mais ne put la voir. Elle comprit pourquoi lorsque l'un des Elfes Supérieurs dit : « Que proposez-vous, Aeriearie ? »

Elle ne voyait pas seulement à travers les yeux d'Aeriearie, elle était Aeriearie, et avait accès à ses sentiments, ses connaissances et ses souvenirs. Elle se sentait enthousiaste, curieuse et déterminée. Elle s'entendit dire : « Je pense que nous devrions créer un portail permanent avec la Terre, afin que les humains puissent venir apprendre de nous. Ce serait plus efficace que d'avoir plusieurs Elfes Supérieurs déguisés en humains essayant de les influencer. Si les humains venaient ici pour apprendre, ils retourneraient partager leur expérience avec d'autres et cela semblerait plus authentique à ceux à qui ils en parleraient parce que ce serait une partie de leur expérience humaine et serait donc plus facile à comprendre. »

Il y eut autant d'accord que de désaccord parmi ses compagnons Elfes Supérieurs. Lola se sentit s'élever et tomber dans l'esprit de l'un des Elfes Supérieurs qui n'était pas d'accord. Elle ressentit son acceptation de la suggestion d'Aeriearie — il n'y avait pas de jugement, seulement de la gratitude pour ce nouveau point de vue. Il se sentait calme, satisfait, mais passionné.

Lola, en tant que lui, répondit : « Vous avez un point valable. Nous ne pouvons pas offrir un point de vue compréhensible aux humains sur le seul fait que nous leur ressemblons lorsque nous sommes sur Terre. Et je suis d'accord que les humains tireraient d'énormes avantages d'un tel stage à Summerset. Cependant, qui sommes-nous pour imposer notre façon de penser ? En fournissant des connaissances à des individus sélectionnés, nous créons en fait des prophètes qui retourneront sur Terre pour convertir autant de personnes que possible, impliquant que leur façon de penser et d'agir est inférieure ou inadéquate. Alors que lorsque nous visitons, nous semons des graines d'une façon d'être différente, ni meilleure ni pire. »

Une fois de plus, tout le monde exprima son opinion. Familière avec cette sensation maintenant, Lola s'éleva hors de cet Elfe Supérieur pour entrer dans un autre. C'était tellement amusant. Elle souhaitait que tous les débats soient aussi civilisés.

— Je crois que vous avez peut-être raison tous les deux. D'un côté, les êtres qui ont choisi la Terre comme foyer étaient tout à fait conscients de la densité de la planète et ont accepté l'éventail d'expériences auxquelles ils auraient accès. Même celles qui pourraient être considérées comme négatives par l'esprit humain. Cependant, leur intention collective est de s'élever au-dessus de la dimension dans laquelle ils se trouvent actuellement. Un nombre croissant d'humains s'accordent à dire qu'ils sont restés trop longtemps dans la troisième dimension et cherchent activement des moyens d'évoluer ou d'ascensionner. Il y a d'autres êtres là-bas qui les assistent. Il y a aussi des êtres déterminés à les maintenir enfermés dans leurs rôles de victimes. La magie a été absente de la Terre pendant trop longtemps. Je crois qu'elle doit être restaurée, et nous avons la capacité de les orienter dans la bonne direction. N'est-ce pas notre responsabilité d'aider lorsque l'aide est clairement demandée ? De montrer le chemin à ceux qui cherchent la voie ? D'être une lumière, ou un phare, que les humains émulent au lieu de suivre aveuglément ? Ne devraient-ils pas être autonomisés plutôt que convertis ?

Ce Haut Elfe se sentait puissant, engagé et, eh bien, élevé. C'était le seul mot que Lola pouvait trouver pour décrire cette sensation. Ce n'était pas la même euphorie qu'elle avait ressentie sur la colline ; il y avait une différence subtile. Cela appelait à l'action plutôt qu'à la réflexion. Mais les deux étaient ressentis dans son chakra du cœur.

Elle sentit une main sur son épaule. — Revenez au laboratoire.

Instantanément, elle était de retour dans le laboratoire, ses pieds lourds sur le sol, ses fesses et son dos fermement calés dans la chaise. Elle ouvrit les yeux et sourit à Aeriearie.

— C'était incroyable ! dit-elle.

— Avant de vous laisser influencer par des émotions inutilement humaines, pouvez-vous décrire la différence entre la béatitude et le pouvoir ? demanda-t-elle. Vous y étiez presque il y a une minute, mais je voulais voir si vous pouviez garder cette sensation.

Lola ferma les yeux et rappela la sensation d'euphorie. Elle la sentit près de son cœur. Elle irradiait à l'intérieur de son corps, mais aussi à l'extérieur, comme des vagues pulsantes. Cela ressemblait à de l'amour, un amour inconditionnel, et lui donnait envie de serrer tout le monde dans ses bras.

Bien, continuez, pensa Aeriearie.

Elle fit appel à la sensation de pouvoir. Cela venait aussi du cœur, mais s'étendait dans toute sa poitrine, vers le haut et vers l'extérieur comme un triangle inversé. Elle sentit la vague d'énergie monter jusqu'à son chakra de la gorge, la poussant à dire sa vérité. Puis elle monta jusqu'au troisième œil, rayonnant pour que les autres puissent voir sa vision, et jusqu'au chakra de la couronne où elle sentit une colonne de pure lumière argentée jaillir droit vers les cieux et rebondir vers elle, comme le jeu du marteau au carnaval. Le faisceau redescendit beaucoup plus fort, comme un déluge, et continua au-delà du cœur, sortant par ses bras, descendant le long de sa colonne vertébrale et de ses jambes, sortant par ses pieds, jaillissant de là et dans le sol. Elle se sentait invincible, ancrée et grande.

Bien joué, Lola, envoya Aeriearie. *Vous pouvez ouvrir les yeux maintenant.*

Lola ouvrit les yeux et se leva. Elle avait besoin de bouger, de s'étirer, d'aller faire quelque chose.

— Si je me sentais comme ça chez moi, je serais inarrêtable, dit-elle avec enthousiasme.

— Vous *pouvez* vous sentir comme ça chez vous. Vous avez juste besoin de faire appel à cette sensation. Cela demandera peut-être un peu plus d'effort, mais vous y arriverez, assura Aeriearie.

— Fantastique ! s'exclama Lola. Comment avez-vous pu partager le point de vue des deux autres Hauts Elfes avec moi ?

— Parce qu'ils l'ont partagé avec moi. Nous partageons toujours entre nous. C'est pourquoi nous n'avons pas vraiment besoin de parler, car nous savons toujours ce que l'autre ressent et pense, répondit-elle.

— Alors pourquoi débattez-vous ? demanda Lola.

— Parce que c'est amusant et que nous pouvons maintenir nos compétences linguistiques. La Terre n'est pas le seul monde où parler est la norme, répondit-elle.

Lola acquiesça. Elle était toujours debout, se sentant super ancrée mais ayant besoin de dépenser une partie de son énergie.

Aeriearie hocha la tête et se leva de sa chaise. — Je pense que c'est suffisant pour aujourd'hui, dit-elle. Que voulez-vous faire ?

— Que pouvons-nous faire ? demanda Lola.

— Tout ce que vous voulez, répondit le Haut Elfe.

— J'aimerais beaucoup faire une randonnée jusqu'à la colline et retourner à cet endroit, répondit Lola. Est-ce que cela prendrait trop de temps ?

— Vous avez peut-être remarqué l'absence d'horloges ou de montres ici. Le temps est un concept terrestre, expliqua Aeriearie.

— Mais comment organisez-vous des réunions ? Comment savez-vous qu'il est l'heure du déjeuner ? demanda Lola.

— Laissez-moi vous expliquer en chemin, dit-elle en ouvrant la porte. Elles sortirent dans le couloir et marchèrent vers la pièce où se trouvait Devlin. La porte était ouverte et la pièce était vide.

— Peut-être ont-ils décidé de sortir aussi, suggéra Lola.

— Peut-être, répondit-elle avec un sourire amusé.

— Vous savez où ils sont, n'est-ce pas ? demanda Lola.

— Je sais où se trouve chaque Haut Elfe et Elfe Ancien à tout moment, et je sais ce qu'ils font et pensent, fut sa réponse.

— Ça semble effrayant et intrusif, rit Lola, frissonnant légèrement.

— Je comprends pourquoi vous penseriez cela, mais les choses sont différentes ici. De plus, si vous vouliez savoir où était votre frère, vous pourriez simplement le lui demander, répondit Aeriearie.

Lola y réfléchit et se frappa le front. Bien sûr. Elle pouvait toujours communiquer avec Devlin, n'importe où, n'importe quand. Mais elle était heureuse de ne pas savoir ce qu'il pensait et ressentait tout le temps.

— Je comprends votre point de vue. Ce n'est pas parce que j'ai accès à l'information que je dois m'y connecter 24 heures sur 24 et 7 jours sur 7, dit-elle.

— Exactement, dit Aeriearie en applaudissant d'approbation. Alors, où est-il ?

— Je n'ai pas besoin de le savoir, allons faire notre randonnée, dit-elle finalement.

CHAPITRE 27
SIMON

À la fin de la journée, tout le monde s'est de nouveau réuni dans la salle du Conseil. Une fois qu'ils furent tous assis, Saruir demanda à Alderan de présenter son rapport. Il toucha la chronologie sur l'écran et la fit glisser en direction du grand écran où elle apparut pour que tous puissent la voir. Elle commençait avec la naissance d'Emmeline et se terminait avec Devlin devenant Gardien. Il leur donna un aperçu des événements, qui incluaient la naissance et la mort des Evers et des Radcliff, les ventes et achats importants de terrains ou de propriétés, l'utilisation de la Montre Temporelle et/ou de la Sphère, ainsi que les poussées de capacités magiques. Les capacités magiques s'étaient arrêtées avec la naissance des jumeaux d'Emmeline et d'Archibald et n'avaient repris que lorsque Lola et Devlin s'étaient rencontrés. Les grands-parents de Simon et Phyllis avaient eu le plus de transactions immobilières et avaient acheté six maisons dans le monde entier. Simon avait été jusqu'à présent le seul utilisateur de la Montre Temporelle.

Alderan présenta ensuite une version mise à jour de leur arbre généalogique. Celle-ci incluait la génération avant Emmeline et Archibald, puisque la famille avait demandé s'il existait des parents vivants.

La mère d'Emmeline était également morte en couches, et Emmeline était son seul enfant survivant. Cependant, la mère d'Emmeline, Rose Analise Harding, avait une sœur nommée Petunia Eva. Elle avait épousé Sir Anthony O'Callahan, un aristocrate irlandais en visite. Il l'avait ramenée dans son domaine dans les monts Wicklow, juste à l'extérieur de Dublin. Ils avaient eu trois fils : Brady, Conor et Ian. L'aîné était mort de la grippe. Ian était devenu ecclésiastique et Conor était devenu l'héritier. Il s'était marié et avait eu des fils jumeaux identiques : Kieran et Larkin. L'aîné avait hérité du domaine, comme le voulait la coutume, mais cela avait créé un fossé entre les frères. Cherchant la paix, Kieran avait donné à son frère l'un des domaines familiaux dans le comté de Cork, afin qu'il puisse vivre confortablement et trouver un bon parti tout en étant suffisamment éloigné pour que les frères ne se croisent pas et puissent vivre leur vie indépendamment. Larkin avait accepté et avait abandonné le O' de son nom. Il était devenu Larkin Callahan.

À ce stade du récit, Lola leva la main. Alderan semblait peu familier avec cette pratique et regarda Lianon qui fit signe à Lola de parler.

— Je suis désolée d'interrompre, mais je pense que je sais où vous voulez en venir. Je pense que si vous descendez jusqu'aux descendants vivants de Larkin, vous trouverez Tom et Tabitha Callahan. Ai-je raison ? demanda Lola, avec une expression douloureuse.

Phyllis eut un hoquet de surprise et Devlin baissa la tête. Le Directeur dit : — Oh là là.

— Comment le saviez-vous ? demanda Alderan, perplexe.

— Nous allons à l'école avec Tom. C'est le neveu d'Aidan Callahan, l'un des suspects, expliqua Lola.

— Je vois, cela fait de vous des cousins éloignés et fournit certainement un motif pour les événements récents.

Simon pouvait voir que Lola était bouleversée. Ce devait être le petit ami !

— Lola, ma chérie, cela fait de vous des cousins très, très, très éloignés. Comme les Evers ont toujours eu leurs enfants jeunes, nous sommes à environ quatorze générations de notre dernier ancêtre commun de notre côté. Si toi et Tom vous vous étiez mariés, cela n'aurait pas conduit à des malformations congénitales, la parenté est trop faible, dit-il pour la rassurer.

Lola rougit, et il réalisa qu'il avait fait une erreur en parlant de cela devant tout le monde. Mais il était trop tard maintenant.

— Ce n'est pas ça. Cette information rend moins probable que Tom ait été un spectateur innocent des plans de son oncle. Surtout avec l'étrange coup de téléphone, dit Lola.

— Très bien, il semble que nous ayons des informations discordantes. La façon la plus simple de résoudre cela est de joindre nos mains et d'ouvrir nos esprits, dit Saruir, en joignant les mains avec les personnes de chaque côté de lui. Ils firent tous de même.

— Je vais commencer, dit Alderan, en fermant les yeux.

Simon ne ferma pas les yeux comme la plupart des autres. Il voulait voir ce qu'Alderan allait faire. Il ne vit rien, mais il le sentit. D'abord, c'était comme une pulsation qui venait de la main de son voisin et entrait dans son corps, puis sortait par son autre main vers la personne suivante. Ensuite vint un flot d'idées, de sentiments et d'images. Il recevait tout ce qu'Alderan savait sur leur affaire : le contenu des journaux, toutes les chronologies et les arbres généalogiques.

Il entendit Lianon dire qu'il allait suivre. Encore une fois, il y eut une pulsation et un afflux massif d'informations : son enquête initiale sur la parenté des enfants, ses conversations avec les Radcliff, puis ses discussions avec le Conseil. Aeriearie, Rumena et Celenious suivirent et présentèrent les découvertes du jour. Saruir partagea les conclusions des autres membres du Conseil relatives à l'enquête sur les artefacts et les suspects actuels.

Devlin dit qu'il allait essayer. Saruir lui dit simplement d'ouvrir son esprit et Alderan extrairait l'information et la transmettrait. Lola suivit.

Edward offrit aussi son esprit, puis Phyllis. Ils terminèrent avec Simon. C'est là qu'ils découvrirent ses discussions avec Archibald, ses voyages dans le temps à la recherche d'informations, ainsi que d'un remède. Il se sentait nu, exposé. Mais il savait que ce n'était pas le moment d'être avare d'informations. De plus, s'il vivait parmi les Hauts Elfes, ils auraient de toute façon accès à son esprit.

Une fois l'opération terminée, ils délièrent leurs mains et tout le monde semblait digérer ces informations. Edward s'était évanoui sur sa chaise, le pauvre homme. Clairement, c'était trop pour un humain non magique à assimiler. Simon avait du mal à croire la quantité de données qui venaient d'être enfournées dans son cerveau.

Lianon hocha la tête. — Je suppose que cela explique d'où viennent les capacités magiques de Lola et Devlin. Quand Annie a lié les pouvoirs des jumeaux, ils étaient soigneusement mis de côté jusqu'à ce qu'une autre paire de frère et sœur puisse les récupérer. Lady Evers a peut-être été aussi puissante qu'elle l'était parce que son frère est mort à la naissance et qu'elle a ensuite conservé tout le pouvoir pour elle-même. Je pense que nous devrions nous attendre à de grandes choses des prochaines générations d'Evers.

Devlin et Lola rougirent à ces mots. Devlin toussa et ramena le sujet à la question en cours. — Devrions-nous discuter de la solution proposée pour le successeur de M. Radcliff ?

Simon sortit de sa rêverie et dit : — Je pense que c'est une excellente idée. En fin de compte, c'est ta décision cependant, Devlin.

Phyllis approuva, tout comme Lola. Alderan dit qu'il avait hâte de relever le défi de devenir avocat.

— Quel âge aurez-vous quand vous irez sur Terre ? demanda Devlin.

C'est une bonne question, pensa Simon. Il estimait qu'Alderan était plus âgé qu'Aeriearie, mais plus jeune que Rumena, d'après leur comportement. Ils avaient tous l'air d'avoir le même âge que lui.

— J'aurai environ vingt-huit ans en années humaines, répondit-il.

Bingo, pensa Simon. — Donc si vous faites le stage, vous serez avocat vers trente et un ans. C'est un âge raisonnable.

— Devrions-nous réveiller M. Radcliff ? demanda Rumena.

— Je pense que vous devriez le laisser dormir. Bien que peut-être il pourrait être déplacé vers un endroit de repos plus confortable, suggéra Phyllis.

— En effet, dit Saruir. Alderan, voulez-vous conduire M. Radcliff à votre demeure et l'installer dans vos chambres d'invités ? Quand il se réveillera, offrez-lui de quoi se restaurer, expliquez-lui que les Evers ont accepté les nouveaux termes, et retournez à son bureau avec lui pour que le nouveau contrat puisse être rédigé. Pendant que vous y serez, vous pourrez vous familiariser avec le contenu des dossiers des Evers. Vous pourrez tous deux revenir ici une fois le travail terminé.

Alderan acquiesça et souleva doucement l'homme âgé. Edward ne se réveilla pas tandis qu'il était transporté hors de la Chambre du Conseil.

— Quant au reste d'entre vous, nous rejoindrez-vous pour notre repas communautaire ? Vous aurez le temps de vous reposer et de vous rafraîchir, dit Saruir.

C'est alors que Simon réalisa qu'il n'avait rien mangé ni bu depuis son arrivée ce matin. Il n'avait aucune idée du temps qui s'était écoulé. Regarder par la fenêtre ne lui donnait aucun indice. Il s'attendait à être épuisé après le « partage », mais en réalité, il se sentait bien.

— Je ne sais pas pour ma famille, mais j'en serais ravi, dit Simon.

— Oui, merci pour l'invitation, dit Phyllis, toujours aussi gracieuse.

Devlin et Lola acquiescèrent.

— Je suppose que vous pouvez retrouver le chemin de votre demeure ? demanda Saruir.

— Oui, merci, dit Simon.

— Aeriearie viendra vous chercher quand le repas sera servi, dit le Leader en se levant de table.

Tout le monde se leva et se dispersa. Simon guida sa famille vers leur maison. Personne ne dit grand-chose. Une fois à l'intérieur, ils s'effondrèrent tous dans des sièges dans la pièce principale.

Finalement, Lola rompit le silence. — À votre avis, qu'est-ce qu'on va manger ?

Ils éclatèrent tous de rire.

CHAPITRE 28

DEVLIN

Aeriearie les conduisit vers une grande structure à ciel ouvert en forme de dôme, qu'elle appelait le Pavillon des Festins. Celenious lui avait montré comment bloquer ses pensées aux autres, et cela semblait fonctionner jusqu'à présent. Si ce n'était pas le cas, Aeriearie était très discrète à ce sujet.

Elle était si belle. Ce qui était amusant, car tous les Hauts Elfes se ressemblaient plutôt. Comment pouvait-elle se démarquer autant à ses yeux ? Il ne se souciait pas vraiment de la réponse, il pouvait simplement la regarder jour et nuit.

Devlin leva les yeux et chercha le soleil dans le ciel. Il n'en trouva aucun. C'était simplement lumineux.

— Aeriearie, s'il n'y a pas de temps, ni apparemment de soleil, fait-il jamais nuit ?

— Il fait nuit quand ils décident qu'il doit faire nuit, répondit Lola. Tout comme c'est l'heure de manger quand ils décident que c'est le cas.

Phyllis et Simon levèrent les yeux avec surprise, cherchant le soleil inexistant.

— Mais que se passe-t-il si les gens ont faim plus tôt ou plus tard ? Ou s'ils sont fatigués ? demanda Devlin. Celenious et lui n'avaient pas abordé ce sujet.

— Les Anciens et les Hauts Elfes ne sont jamais fatigués ni affamés. Nous prenons un repas communautaire une fois par jour comme rassemblement social. Nous mangeons très peu. Nous sommes soutenus par l'énergie de l'île et le partage des pensées et des sentiments, répondit Aeriearie.

— Wow, dit Lola. Pas étonnant que tout le monde soit mince et fort. Vous mangez tous exactement la même chose et jeûnez la plupart du temps. C'est en fait une tendance chez nous en ce moment. On appelle ça le jeûne intermittent.

— Le jeûne a toujours existé, Lola, répliqua Phyllis. Pour des raisons de santé, politiques et religieuses.

— Oui, ma mère et moi jeûnions du dimanche des Rameaux au Vendredi saint, chaque Pâques, dit Devlin.

Aeriearie lui lança un regard approbateur. Devlin rayonna.

— C'est six jours ! s'écria Lola. Je ne pourrais jamais tenir six jours sans manger !

Devlin rit. — Je ne suis pas sûr que tu puisses tenir vingt-quatre heures sans manger. Mais tu auras l'occasion de t'y entraîner pendant que nous sommes ici, la taquina-t-il.

— Mais ce ne sera pas un véritable entraînement, puisque je suis dans un corps d'Elfe et que je peux évidemment sauter un repas. Je ne sais pas combien de temps en temps humain nous sommes restés ici, mais j'ai l'impression que c'est le repas du soir, dit Lola.

— Venez, ils attendent, dit Aeriearie, mettant fin à la conversation.

Il y avait une grande table oblongue au centre du Pavillon, couverte de nourriture. Devlin avait supposé qu'ils étaient végétariens, mais il y avait aussi du poisson et une sorte de volaille. Il y avait des fruits et des légumes, bien que beaucoup de produits lui étaient inconnus. Il y avait aussi du pain de différentes tailles. Il n'y avait pas d'ustensiles de service, mais tout était en bouchées. Il ne vit pas d'assiettes.

Aeriearie leur demanda d'attendre un moment. Elle revint en portant un plateau d'assiettes et de gobelets en étain. — Ceux-ci sont à vous pour la durée de votre séjour. Vous pouvez les nettoyer dans votre logement et les rapporter au festin de demain et à ceux qui suivront.

Ils prirent chacun une assiette et un gobelet. Elle les fit faire le tour du buffet et expliqua les plats proposés, décrivant le goût des aliments inconnus. Une fois leurs assiettes remplies, elle leur montra où ils pouvaient remplir leurs gobelets. Il y avait deux grands tonneaux d'argent avec des robinets. L'un contenait du vin, et l'autre de l'eau. Ils remplirent tous leurs gobelets d'eau.

— Et maintenant, c'est l'heure de socialiser. N'hésitez pas à vous promener dans la salle et à vous joindre aux groupes. Tout le monde vous accueillera et la plupart sont impatients d'interagir avec vous. Je reviendrai vous voir un peu plus tard, dit-elle avant de les quitter pour rejoindre un autre groupe.

Devlin regarda autour de la salle. Il n'y avait pas de tables ni de chaises à proprement parler. Mais il y avait des bancs le long du périmètre du Pavillon. La plupart des groupes étaient assis en cercle sur des coussins au sol, soit en équilibrant leurs assiettes sur leurs genoux, soit en les posant à côté d'eux sur le sol.

— Devrions-nous nous séparer ? suggéra Devlin.

Phyllis et Simon acquiescèrent, mais Lola parut horrifiée.

— Pourquoi ne pas rester entre filles ? suggéra Phyllis avec un clin d'œil.

Simon alla rejoindre Lianon — apparemment, ils avaient quelques points à discuter. Phyllis et Lola allèrent rejoindre le groupe de Rumena.

Devlin n'allait pas suivre Aeriearie comme un chiot amoureux. Il balaya la salle du regard et vit un groupe de Hauts Elfes qui se regardaient intensément mais ne semblaient pas parler. Il pourrait s'entraîner à la télépathie.

CHAPITRE 29

PHYLLIS

L ola et Phyllis s'approchèrent de Rumena qui les présenta aux personnes avec qui elle mangeait. Ils étaient sympathiques, et les jeunes Hauts Elfes posèrent des questions à Lola sur sa vie sur Terre.

Comme ils semblaient tous familiers avec les dynamiques sociales humaines, Phyllis leur demanda s'ils vivaient en groupes familiaux, s'ils allaient à l'école, et ce qu'ils faisaient comme travail dans la communauté.

On lui répondit que les Elfes Anciens et les Hauts Elfes s'accouplaient de façon similaire aux humains — c'est-à-dire que certains formaient des couples, d'autres non. Certains avaient des enfants, d'autres non. Il n'y avait pas de limitations de genre ou d'espèce pour s'accoupler, bien qu'il y ait une limite d'âge. Les Hauts Elfes devaient avoir cent cinquante ans avant de choisir un partenaire. C'était à peu près l'équivalent de seize ans pour les humains. C'était aussi l'âge recommandé pour boire du vin, choisir une profession et quitter le domicile familial.

Les habitations appartenaient à la communauté et étaient gratuites. Quand le statut d'un Haut Elfe changeait, il déménageait dans une autre communauté.

Ceux qui ne choisissaient pas de partenaire vivaient dans une communauté de Hauts Elfes célibataires, partageant une habitation avec trois autres. Les communautés étaient créées en fonction des professions. Les scientifiques vivaient avec d'autres scientifiques et ainsi de suite. Cela rendait la vie plus facile car ils avaient plus de choses en commun.

Ceux qui choisissaient un partenaire mais ne souhaitaient pas avoir d'enfants vivaient dans une communauté de Hauts Elfes en couple. Dans ces communautés, les habitations étaient plus petites, juste assez grandes pour deux personnes. Les couples étaient placés au hasard dans ces communautés.

Ceux qui choisissaient un partenaire et avaient des enfants vivaient dans des communautés pour familles. Ils étaient également placés au hasard. Il y avait des aires de jeux et des écoles dans ces communautés. Les enfants restaient avec le principal soignant pendant l'équivalent des cinq premières années de leur vie. Ils allaient à l'École Primaire de cinq à douze ans où on leur enseignait la lecture, l'écriture, les mathématiques, les sciences, l'expression orale, la philosophie, l'histoire et la géographie. Ils apprenaient aussi à méditer, nager, faire de la randonnée et une pratique similaire au yoga.

À l'École Primaire, il n'y avait pas d'évaluations notées. Les élèves travaillaient jusqu'à ce qu'ils maîtrisent les compétences. Ils n'étaient pas regroupés par âge ou par niveau. Les élèves étaient libres de travailler indépendamment, en binômes ou en petits groupes d'élèves partageant les mêmes idées. Le temps de l'enseignant était consacré aux élèves ayant besoin de clarifications ou en difficulté. L'école primaire se terminait lorsqu'un élève avait maîtrisé toutes les compétences nécessaires pour passer à la phase suivante de la vie.

À ce stade, ils étaient évalués sur leurs forces et leurs intérêts. À partir de cette évaluation, des professions appropriées étaient suggérées. L'élève prenait les deux à trois années suivantes pour explorer ces professions, passant du temps à observer ceux qui les exerçaient et à les interviewer. Une fois qu'ils avaient fait un choix clair, ils étaient placés auprès d'un Maître dans ce domaine et devenaient son apprenti aussi longtemps que nécessaire pour maîtriser la profession et travailler de manière indépendante.

La communauté fournissait tout ce dont ils avaient besoin : abri, subsistance, vêtements, outils, connaissances et opportunités de croissance. Il n'y avait pas besoin d'échanger de l'argent.

Les Elfes Anciens et les Hauts Elfes n'étaient jamais malades, étaient heureux la plupart du temps, et il y avait très peu de conflits. Si un désaccord entravait le processus de prise de décision, un tiers était sollicité pour agir en tant que modérateur. Si la décision concernait toute la communauté, elle était présentée au Conseil.

Les membres du Conseil étaient élus par les membres de la communauté et servaient un mandat de cent ans. Il comprenait des représentants de chacune des principales professions : connaissance, science, production alimentaire, bien-être, entretien des terres et ingénierie. Deux des membres du Conseil étaient choisis pour être émissaires pour les échanges étrangers. Ils siégeaient dans divers Conseils, dont l'un était le Conseil des Êtres Magiques Terrestres, qui supervisait les Conseils collectifs des Anciens pour les Voyageurs.

Phyllis était impressionnée par cette civilisation apparemment avancée. Elle supposait qu'ils étaient similaires aux Lémuriens ou aux Atlantes qui vivaient autrefois sur Terre. Mais elle ne pouvait s'empêcher de penser qu'il y avait trop de similitudes. De toute évidence, cela ne pourrait pas fonctionner sur Terre. Par définition, les humains étaient désordonnés, compliqués, contradictoires et uniques. Les amener à accepter d'être en désaccord était une entreprise majeure. Et aussi mesquins et souvent immatures qu'ils agissaient, Phyllis pensait qu'elle préférait être l'une d'entre eux.

Cela faisait cependant l'objet d'une conversation fascinante pendant le dîner.

CHAPITRE 30
LOLA

Bien que fascinée par la description du mode de vie des Hauts Elfes, l'antenne alimentaire de Lola se dressa. En se retournant, elle vit qu'ils avaient changé les plats sur la table du buffet. Elle devait enquêter.

Elle regarda Phyllis et attendit une pause dans la conversation. Attirant son attention, elle fit un signe de tête vers le buffet, sourit et haussa les sourcils. Phyllis lui sourit et lui fit un rapide signe de tête. Elles remercièrent leurs nouveaux amis pour leur compagnie et la conversation, et promirent de leur rendre visite à nouveau bientôt.

En se dirigeant vers le buffet, elles virent Devlin et Simon s'y rendre également, ainsi que certains des Hauts Elfes.

— Quelle coïncidence de vous voir ici, s'exclama Lola.

— Dès que j'ai vu que la nourriture avait changé, j'ai su que tu chercherais le dessert, répondit Devlin.

— J'ai vu Devlin se lever, puis je vous ai regardées toutes les deux. J'ai décidé de faire de même, dit Simon.

Ils firent le tour de la table. La nourriture semblait plus familière. Il y avait des fruits comme des raisins, des kakis, des figues, des pommes et des dattes. Il y avait différents fromages, de nouveaux types de pain et une sélection d'olives. Lola cherchait des gâteaux, des tartes ou des biscuits. Ou n'importe quoi de sucré, en fait. Comme s'il avait perçu sa déception, le directeur Lianon s'approcha d'elle et lui offrit un fruit plus gros, coupé en deux.

— On l'appelle le fruit de la jungle. Il pousse ici à Summerset. Le goût est similaire à celui du fruit du dragon, expliqua le directeur, l'incitant à le prendre.

Lola le remercia et regarda le fruit avec suspicion. D'une part, elle n'avait jamais goûté de fruit du dragon et le nom était inquiétant. D'autre part, le fruit n'était jamais un vrai dessert — c'était un en-cas, ou une partie du petit-déjeuner. Elle posa son gobelet et son assiette sur la table, et prit le fruit, incertaine si elle devait utiliser la cuillère ou le mordre comme une orange. Un regard vers Phyllis lui indiqua de prendre sa cuillère. Elle creusa dans le fruit — il était mou et facile à retirer. Elle le porta à son nez et le renifla. Ça sentait bon, sucré. Elle sourit et leva les yeux pour voir que tout le monde l'observait attentivement.

— Lola l'exploratrice, plaisanta Devlin.

Lola lui tira la langue et rougit immédiatement en réalisant que le directeur était toujours avec eux.

La cuillère atteignit enfin sa bouche, qui se referma autour. Elle remarqua d'abord la texture crémeuse et lisse, comme celle d'une crème anglaise épaisse. C'était sucré, mais d'une manière poivrée, bien que pas épicé comme un piment — comme il est difficile de dire si la noix de muscade est sucrée ou salée. Elle n'avait rien à quoi le comparer, mais elle savait qu'elle aimait ça. Et les autres le savaient aussi, à en juger par le sourire qui s'étalait sur son visage.

— C'est incroyable ! Merci beaucoup, Monsieur le Directeur, dit-elle en replongeant la cuillère dans le fruit pour une autre bouchée.

— À quoi ça ressemble ? demanda Phyllis, curieuse.

— Le plus proche que je puisse dire est la crème anglaise ; celle des Anglais, répondit Lola, en grattant les côtés du fruit vide tout en cherchant une autre moitié à dévorer.

Le directeur sourit avec amusement, tendit le bras vers un bol et en prit une autre moitié pour elle.

— Sachez qu'une consommation excessive de fruit de la jungle entraîne un sommeil agité et des troubles digestifs. Je ne vous conseille pas d'en manger plus d'un par jour, dit-il, avant d'expliquer qu'il se retirait pour la soirée.

Phyllis et Devlin dirent qu'ils étaient repus. Ils allèrent dans la zone des boissons et trouvèrent du thé. Simon essaya le fruit de la jungle mais le trouva un peu trop sucré à son goût. Il prit la tasse de Lola et alla leur chercher du thé aussi. Il était clair et vert, mais il avait un goût de mélange de réglisse et de basilic.

Ils allèrent s'asseoir sur un banc face au lac. Les Anciens et les Hauts Elfes commençaient à partir, et bientôt l'horizon commença à s'assombrir. C'était comme si la couleur se vidait du ciel. Ce qui était auparavant d'un bleu vif laissa progressivement place à des nuances de gris de plus en plus sombres jusqu'à devenir d'un noir d'encre. C'était joli à regarder, mais pas aussi époustouflant qu'un coucher de soleil sur Terre. Le changement se produisait à mi-chemin entre le ciel et le lac comme un store qu'on tire quand Lola réalisa que peut-être ils devraient rentrer chez eux pendant qu'il faisait encore assez clair pour voir le chemin.

Elle se leva, sur le point de partager sa révélation avec sa famille, quand ils se levèrent aussi du banc.

— Rentrons avant qu'il ne fasse nuit, suggéra Simon.

CHAPITRE 31
SIMON

À leur retour à la maison, aucun d'entre eux n'était vraiment fatigué. Ils s'assirent dans leur salon et discutèrent de leur journée, bien que la plupart des choses importantes aient déjà été partagées grâce à l'échange de pensées. Mais c'était ainsi que les humains communiquaient entre eux – par la discussion.

L'une des choses qui n'avait pas été partagée était la décision de Simon de rester à Summerset à la fin de leur séjour de deux semaines et d'accepter le poste de professeur d'art à l'Académie. Comme il l'avait espéré, ils accueillirent sa décision avec joie et furent ravis qu'il puisse non seulement être en bonne santé, mais aussi passer du temps ensemble en famille.

— Vous vous rendez compte que je n'aurai peut-être que dix ans environ, les prévint-il.

— C'est plus que ce qu'on aurait jamais espéré, étant donné que tu es mort quand on était enfants, déclara Lola.

— Je suis reconnaissant pour chaque moment que je peux passer avec toi, répondit Devlin, la voix un peu étranglée.

— Moi aussi, mon pote, dit Simon en tapant dans le dos de Devlin et en lui faisant une accolade.

— Même si toi et moi avons passé toute notre vie ensemble, je ne me lasse jamais d'avoir mon grand frère à mes côtés. Tu m'as terriblement manqué ces dernières années. Et je suis tellement heureuse que tu aies la chance de passer du temps avec tes enfants. Je sais à quel point tu étais triste avant de mourir, dit Phyllis.

Cette phrase donna des frissons à Simon. Phyllis se souvenait de sa mort, mais il n'était pas encore mort, et il n'avait pas particulièrement hâte de vivre cette expérience.

— Comment ça va marcher exactement ? demanda Lola. Je veux dire, tu es censé mourir bientôt dans ton époque, non ?

Simon déglutit audiblement et dit :

— Je ne connais pas les détails, mais le directeur Lianon a dit qu'ils manipuleraient d'une manière ou d'une autre la chronologie. Je ne suis pas sûr de vouloir savoir exactement ce que cela signifie. Ce qui est clair, c'est qu'un Simon Evers meurt en 2005, tandis qu'un autre Simon, moi, continue à vivre ici.

Ils restèrent silencieux pendant un moment, semblant méditer sur ce qu'il venait de dire.

Comme personne ne parlait, Simon suggéra d'aller se coucher. Ils se souhaitèrent bonne nuit et allèrent au lit.

CHAPITRE 32
DEVLIN

D evlin se réveilla lorsqu'il sentit qu'il faisait jour. C'était très déconcertant de ne pas savoir quelle heure il était. Il avait pris une douche avant de se coucher et l'avait trouvée très relaxante. Il espérait que Lola et lui seraient autorisés à visiter le Centre de bien-être. D'après la description de Phyllis, cela valait certainement le détour.

Il retira ses vêtements de nuit et les plia soigneusement. Il lissa la couverture du lit et plaça sa pile pliée dessus. Faisant apparaître le lavabo, il se lava le visage et se brossa les dents avec les articles qu'il avait apportés de chez lui.

La veille au soir, il avait placé la tunique qu'il avait portée ce jour-là sur le dossier de la chaise. Elle n'y était plus. Les chaussures avaient également disparu. Elles lui seraient sûrement rendues après le lavage.

Ouvrant la garde-robe, il prit l'autre tunique et l'enfila. Il fit de même avec l'autre paire de chaussures. Aujourd'hui, les vêtements s'ajustaient parfaitement à sa silhouette. Il passa ses doigts dans ses longs cheveux, se demandant s'il devait les brosser. N'y trouvant aucun nœud et n'ayant pas de brosse, il chassa cette idée de son esprit. En se retournant vers le lit, il remarqua que son pyjama n'y était plus.

Il lui vint à l'esprit que le système de blanchisserie de l'Académie n'était peut-être pas l'œuvre de travailleurs invisibles dans le sous-sol, mais simplement un système magique emprunté aux Hauts Elfes. Quoi qu'il en soit, c'était efficace et il en était reconnaissant. Il n'avait jamais aimé faire la lessive. Cela lui avait toujours semblé une tâche redondante et inutile.

Outre le fait d'avoir ses vêtements lavés, son autre aspect préféré de l'Académie était l'uniforme. Il adorait ne pas avoir à faire beaucoup de choix concernant son apparence. C'était encore mieux à Summerset car il n'y avait aucun choix du tout. Une tunique, une paire de chaussures. Point final.

Il jeta un coup d'œil à sa chambre bien rangée, sourit de contentement et se dirigea vers la pièce principale. Simon était là, regardant le lac, tenant une tasse fumante. Il se retourna quand Devlin vint se tenir à côté de lui.

— Tu as bien dormi, fiston ? demanda Simon.

Devlin rayonna vers son père et hocha la tête. Toute sa vie, il avait rêvé de partager un tel moment, n'importe quel moment, avec son père. Ce simple échange que la plupart des gens tenaient pour acquis.

— Et toi ? demanda-t-il en retour.

— Mieux que je ne l'ai fait depuis des années, dit Simon. J'ai beaucoup de choses pour lesquelles être reconnaissant ce matin, ajouta-t-il en passant son bras autour de Devlin et en lui donnant une accolade.

— C'est du café ? demanda Lola en entrant dans la pièce.

— Non, c'est une tisane, répondit Simon, en prenant Lola dans ses bras pour un câlin.

Devlin donna un coup de hanche à sa sœur et lui sourit. Il était tellement heureux qu'il aurait pu exploser.

Lola se dirigea vers la console de la cuisine et commença à tapoter. Quelques instants plus tard, Phyllis entra dans la pièce. Elle se dirigea vers les hommes et leur donna à chacun un bisou sur la joue, puis saisit la tasse de Simon et en prit une gorgée.

— Miam, comment ça s'appelle ? demanda-t-elle, en allant rejoindre Lola dans la cuisine. Elle caressa distraitement les cheveux de Lola et l'embrassa sur le haut de la tête.

— Morning Glory, répondit Simon en riant.

— Comme c'est approprié, répliqua Phyllis et demanda à Lola d'en préparer un pour elle. La console demanda que la tasse de Phyllis soit placée sur le comptoir. Ils avaient posé leurs kits de désordre sur la table de la cuisine en arrivant la veille au soir, mais ceux-ci aussi avaient disparu.

Les mains sur les hanches, Phyllis s'exclama avec confusion :

— J'étais sûre d'avoir laissé mes affaires ici sur la table.

Devlin se rendit dans la cuisine et commença à ouvrir les placards. Il trouva leurs kits, brillants et propres, et sortit les trois tasses restantes.

— Je vais prendre un Morning Glory aussi, dit-il, et plaça deux tasses sur le comptoir, en tendant la troisième à Lola.

Elle appuya sur l'icône des liquides, trouva le thé Morning Glory et choisit deux tasses. Elles se remplirent instantanément d'un liquide vert chaud. Phyllis prit leurs thés et retourna rejoindre Simon près de la fenêtre.

— Il n'y a pas de café ici, grommela Lola.

Elle vint aussi regarder le lac, et ils restèrent là, à boire leur thé et à profiter du moment.

Devlin vit Aeriearie remonter le chemin vers leur maison en premier. Ses cheveux rebondissaient dans leur splendeur habituelle. Il ne put s'empêcher de sourire à sa beauté. Il s'éloigna des autres pour l'accueillir à la porte.

— Bonjour, dit-il en ouvrant la porte.

— Bonjour, Devlin, répondit-elle en riant alors qu'elle entrait dans leur maison. Bonjour, Phyllis, Simon et Lola, répéta-t-elle, et ils répondirent à leur tour.

— Pas de café, dit Lola, en montrant leurs tasses.

Aeriearie rit de nouveau.

— Oh, ma chère. Vous aimez le thé, cependant ?

Lola ne put s'empêcher de sourire.

— Ouais, il est plutôt bon.

— Êtes-vous prêts pour une nouvelle journée à Summerset ? demanda Aeriearie, et ils acquiescèrent tous.

Elle fit apparaître une carte sur l'une des tables d'appoint dans la pièce principale.

— Avec le temps, vous saurez instinctivement où aller, mais pour l'instant voici une carte du village central où nous sommes situés. Phyllis, tu rejoindras à nouveau Rumena au Centre de connaissances — elle le montra sur la carte — Simon, Lianon t'attend chez lui. Suis simplement le chemin du lac et tourne à droite à cette intersection. Elle traça l'itinéraire du doigt et tapota sur la dernière maison de cette allée. Lola et Devlin viendront avec moi au Pavillon des sciences pendant un moment, et nous nous retrouverons tous au Centre de bien-être à midi.

LORSQUE DEVLIN ARRIVA au Pavillon des sciences, Celenious l'attendait dans leur petite salle de travail.

— Qu'allons-nous pratiquer aujourd'hui ? demanda-t-il.

— Comment utiliser un portail, répondit Celenious.

Les yeux de Devlin s'agrandirent et il sourit de ravissement.

— Ne t'emballe pas trop, nous commencerons par l'île et verrons comment ça se passe.

Celenious expliqua que les Hauts Elfes pouvaient ouvrir des portails vers n'importe où, de n'importe où, simplement par l'intention et en agitant leurs mains en arc. Il démontra la procédure à Devlin.

— Comme tu n'as pas encore maîtrisé toutes nos capacités, tu utiliseras le pavé tactile, expliqua Celenious.

Devlin, bien que visiblement déçu, acquiesça et toucha la surface vitrée de la table. Faisant défiler les options, il ouvrit l'application Portal. Il y avait quelques endroits à choisir. Levant les yeux vers Celenious pour obtenir confirmation, Devlin appuya sur le lac.

Un portail apparut sur le mur de la pièce. Les garçons se levèrent et Celenious fit signe à Devlin de passer en premier. C'était une sensation différente de celle qu'il ressentait en utilisant sa porte. Passer par la porte pour aller à Summerset avait été comme traverser n'importe quelle autre porte. Mais passer par le portail donnait l'impression de marcher dans de la colle liquide, et il eut l'impression que ses organes internes avaient été réarrangés différemment en cours de route.

Il se secoua et s'émerveilla de son environnement. Ils étaient de l'autre côté du lac. Il y avait aussi un chemin ici, et ils commencèrent à le suivre.

Celenious expliqua que les portails étaient équivalents à la Sphère en termes de possibilités. Comme peu de Voyageurs avaient des capacités psychiques, le Haut Elfe avait conçu les Sphères pour conserver les informations de voyage et les partager avec d'autres Sphères. Les connaissances accumulées étaient disponibles au Centre du Savoir si Devlin voulait les absorber.

— Je suis très intéressé par ces connaissances, dit Devlin avec enthousiasme.

— Très bien. Je vais nous emmener au Centre du Savoir et de là, tu pourras nous conduire à notre prochaine destination, suggéra Celenious.

Ils arrivèrent directement dans l'une des salles privées vitrées. Celenious demanda à Devlin de choisir leur prochaine destination pendant qu'il allait chercher le cube. À son retour, Devlin lui demanda pourquoi les enfants allaient à l'école et apprenaient auprès des Hauts Elfes plus âgés si tout ce qui était nécessaire était d'absorber un cube ou deux.

— Le cerveau des enfants n'a pas assez de connexions pour traiter pleinement toutes les connaissances du Collectif. Les connexions neuronales se font par l'apprentissage. Plus ils apprennent par eux-mêmes, plus ils ont de connexions, expliqua-t-il.

— Est-ce pour cela que vous avez fait visiter l'école à Lola et moi et que vous nous avez fait essayer certaines professions ? demanda Devlin.

— Oui. Bien que vous soyez tous les deux adultes et que vous ayez des connexions supplémentaires dues à vos capacités magiques, les connexions que vous établissez pendant votre séjour ici seront plus fortes et subsisteront après votre retour à votre forme humaine, dit Celenious.

— J'aurais aimé pouvoir absorber le contenu du Programme d'Été comme l'a fait Phyllis ! s'exclama Devlin.

— Peut-être, mais ces deux semaines intenses avec ta sœur ont probablement contribué à l'éveil de vos capacités. Vous avez tous les deux créé un nombre important de connexions en peu de temps grâce à la neutralité du monde et à l'absence de distractions, dit-il.

— Que voulez-vous dire par neutralité ? demanda Devlin.

— L'Académie est un monde de poche. Elle a été créée par les Hauts Elfes. Bien qu'elle ressemble à la Terre à bien des égards, elle n'est pas soumise aux mêmes lois de la physique. Par exemple, bien qu'il y ait de la gravité, elle n'est pas aussi forte que sur Terre. Cela supprime une certaine résistance, facilitant l'apprentissage, expliqua-t-il.

Il plaça le cube devant Devlin. — Prêt ?

Devlin hocha la tête et saisit le cube de chaque côté, fermant les yeux. Une fois qu'il en eut absorbé le contenu, il le relâcha et ouvrit les yeux.

— C'était incroyable ! Est-ce que je me souviendrai de tout ça quand je rentrerai chez moi ? demanda-t-il.

— Les détails ne seront pas aussi vifs, mais oui, répondit Celenious.

— Je me sens vieux. Comme si j'avais personnellement visité chacun de ces mondes au cours de la dernière décennie, dit Devlin d'un air las.

— C'est exactement ce que tu ressentirais si tu avais été celui qui avait visité tous ces mondes. Cependant, la collection de visites s'étend sur plus de cent ans. Il est normal que tu te sentes un peu désorienté. Absorber des expériences est un peu plus englobant qu'absorber des connaissances. Pour un humain, ce serait comme vivre chacune de ses vies passées en même temps, bien que cela serait également déroutant sur le plan émotionnel, expliqua Celenious.

Devlin acquiesça silencieusement. Il ferma à nouveau les yeux et prit une profonde inspiration tout en roulant ses épaules et en faisant pivoter sa tête. Quand il se sentit plus détendu, il se secoua et dit : — Je pense que je comprends maintenant comment ouvrir un portail. Au lieu de m'entraîner encore quelques fois, pourrions-nous aller faire une promenade dans la jungle ? Est-ce sûr ?

— Oui, c'est sûr si nous restons sur le sentier. C'est une excellente suggestion. Veux-tu nous faire l'honneur ? demanda Celenious.

Devlin utilisa le pavé tactile pour appeler un portail vers la jungle.

Dès qu'ils le traversèrent, Devlin se sentit mieux. L'air, bien que toujours doux, avait une odeur de terre supplémentaire. Devlin prit plusieurs respirations profondes et se détendit. Celenious expliqua que le sentier les mènerait jusqu'aux falaises surplombant l'océan.

— La randonnée aller-retour devrait prendre quelques heures et ne sera pas très fatigante, dit Celenious.

— Ça semble parfait, dit Devlin, et ils se mirent en route.

CHAPITRE 33
LOLA

L ors de leur deuxième jour à Summerset, elle passa la matinée à travailler sur diverses capacités extrasensorielles. Une fois qu'ils eurent maîtrisé les bases, Aeriearie l'emmena au Centre du Savoir. Phyllis était dans une pièce transparente avec Rumena mais ne vit pas Lola car ses yeux étaient fermés. Lola était très impatiente d'essayer l'absorption de cubes. Bien qu'elle en ait compris l'essentiel grâce au récit de Phyllis, Aeriearie lui expliqua tout de même le processus. Elle lui demanda d'attendre dans l'une des salles de réunion pendant qu'elle allait chercher quelques cubes pour elle. À son retour, elle en plaça un devant Lola.

— Ces cubes contiennent tout ce dont vous avez besoin pour maîtriser toutes les capacités extrasensorielles. Comme vous avez la prédisposition et déjà quelques compétences, l'absorption devrait être facile, dit-elle.

Lola prit une profonde inspiration et se prépara à l'expérience. Lorsqu'elle saisit la boîte, elle eut l'impression d'avoir les deux mains sur un câble sous tension. Ce fut terminé en un instant, mais la meilleure façon de décrire l'expérience était cette scène du film *Paul* où Paul partage ses souvenirs avec Ruth. Sauf que Lola ne s'évanouit pas.

Mais elle comprenait maintenant pourquoi ils se rencontraient au Centre de Bien-être. Elle était prête à en finir pour la journée.

LE CENTRE de Bien-être était comme le meilleur spa de l'Univers. Certes, Lola n'était jamais allée dans un spa, mais elle était sûre que celui-ci était le meilleur. Après s'être douchés et avoir enfilé des peignoirs et des chaussons, toute la famille se retrouva dans l'atrium. Une fois leur groupe au complet, Aeriearie leur annonça qu'elle avait d'autres affaires à régler et leur souhaita de passer un agréable moment.

Ils suivirent l'une des préposées deux étages plus bas, puis le long d'un couloir jusqu'à une épaisse porte en pierre. Lola se tourna vers Devlin et lui fit de grands yeux. Il la poussa doucement en avant.

La porte s'ouvrait sur une grotte. Une grotte ! La préposée prit une torche et leur dit de la suivre. Elle expliqua que la grotte contenait des bassins d'eau minérale chaude dans lesquels ils pourraient se baigner. Ils avaient le choix entre un grand bassin pouvant accueillir tout le monde ou des bassins individuels.

Comme aucun d'entre eux ne répondait, elle donna la torche à Simon et dit :

— Je reviendrai vous chercher plus tard.

— Vous n'avez pas besoin de la torche pour éclairer votre chemin ? demanda-t-il.

Elle était presque à la porte quand elle répondit :

— Non, et vous non plus. Vos yeux s'adapteront. Mais celle qui s'appelle Lola a peur du noir et j'ai pensé que cela soulagerait son inconfort.

Elle ouvrit la porte et partit avant que Lola ne puisse réfuter cette allégation. C'était, bien sûr, vrai, mais bien trop embarrassant pour être digne d'une réponse.

— Je sais que nous avons presque tous des corps identiques, mais je ne suis pas sûre d'être prête à me baigner nue avec ma famille, s'exclama Lola.

Personne n'était en désaccord avec elle, et Simon alla remettre la torche dans le support près de la porte. Quand il revint, leurs yeux s'étaient adaptés à l'obscurité. Ils firent le tour de la grotte et chacun choisit le bassin qui l'attirait le plus, suffisamment éloignés les uns des autres pour que l'intimité de chacun ne soit pas menacée.

Le bassin de Lola était entouré de stalagmites et très intime. Elle laissa tomber son peignoir et entra dans l'eau. Elle était chaude, mais pas trop. Le bassin n'était pas très profond, et l'une des parois rocheuses avait été taillée en un banc lisse. Elle s'assit et s'émerveilla de la sensation de l'eau. C'était tellement relaxant malgré l'absence de bulles. Elle comprenait maintenant pourquoi il n'y avait pas de baignoires dans la maison. C'était tellement mieux.

Elle ferma les yeux et posa sa tête contre la paroi de pierre. Elle avait dû s'endormir car elle entendit son nom être appelé, disant qu'il était temps de partir. Déjà ?

Il n'y avait personne autour ; elle sortit du bassin et enfila son peignoir et ses chaussons. Elle regarda autour d'elle pour s'orienter et se dirigea vers la porte. Simon et Devlin étaient déjà là avec la préposée. Quand Phyllis les rejoignit, ils remontèrent tous à l'étage.

De retour dans l'atrium, la préposée leur présenta les différents soins possibles. Lola et Phyllis choisirent toutes les deux des massages, tandis que Devlin opta pour un bain de boue et Simon pour un gommage au sel.

Lola était au paradis. Le bain d'eau minérale l'avait détendue, mais c'était comme la cerise sur le gâteau. Ce n'était que son deuxième massage, mais il était clairement hors de ce monde. Elle n'en revenait pas de la sensation incroyable que procurait le massage des mains et des pieds. Elle s'endormit à nouveau et se réveilla seule dans la pièce. Elle s'étira sous la couverture et soupira. Elle pourrait s'y habituer.

CHAPITRE 34
PHYLLIS

P hyllis avait perdu la notion du temps. Après le troisième jour, tous les jours se ressemblaient. Ils se levaient, s'habillaient, prenaient le thé ensemble, puis partaient pour la journée. Les Hauts Elfes avaient évalué Lola et Devlin et leur avaient donné la possibilité d'explorer des occupations comme les autres jeunes.

Devlin passait ses journées au laboratoire scientifique avec Celenious et Aeriearie. Phyllis savait qu'il était sincèrement intéressé par la science, sinon elle aurait peut-être protesté. Lola, quant à elle, suivait l'équipe de traitement au Centre de Connaissances.

Pour ce qui est de Phyllis, elle avait terminé l'absorption des cinq volets du Programme d'été et était maintenant au même niveau que les enfants. Simon avait également commencé le processus, en préparation de son nouveau travail. Il était parti avec Lianon pour une visite de l'Académie.

Maintenant, Phyllis s'était mise à l'apprentissage des langues, en particulier l'elfique. Elle avait également demandé à pouvoir communiquer par télépathie, car il était clair que tous les Evers en avaient la prédisposition. Elle aimait s'exercer avec Rumena et ses autres nouveaux amis.

Chaque soir, ils s'efforçaient de s'asseoir avec de nouvelles personnes. C'était plus facile pour elle maintenant qu'elle pouvait parler leur langue, bien que beaucoup d'entre eux espéraient pratiquer l'anglais. En guise de compromis, Phyllis parlait français, italien et espagnol à ceux qui avaient absorbé ces langues, et c'était très amusant.

Elle n'allait pas au Centre de Bien-être tous les jours, car cela aurait enlevé de son caractère spécial. Au lieu de cela, elle prenait parfois un livre et s'asseyait près du lac pour lire. Maintenant qu'elle maîtrisait l'elfique, elle était capable d'apprécier leur collection infinie de sonnets.

Un jour, alors qu'elle rêvassait près du lac, Simon vint la trouver pour lui faire savoir qu'Edward et Alderan étaient revenus avec les papiers. Ils se dirigèrent vers le Pavillon du Conseil et découvrirent que les enfants avaient également entendu la nouvelle. Ils entrèrent ensemble et saluèrent chaleureusement l'avocat. Il cligna des yeux en les regardant, s'habituant encore à leur apparence elfique.

Ils examinèrent ensemble le nouveau contrat et les documents. Tout semblait être en ordre. Devlin, en tant que Gardien et Chef officiel de la Famille, apposa sa signature sur tous les documents.

Alderan avait été présenté à Edward Sr. qui avait embrassé l'idée de tout cœur. Il fut ensuite présenté au personnel comme le nouveau assistant juridique d'Edward, travaillant exclusivement sur les dossiers des Evers en raison de sa participation au Programme de Lecture du Droit. Il n'y eut aucune objection, et jusqu'à présent, Alderan s'en sortait bien.

Ils lui avaient trouvé un appartement, l'avaient meublé et étaient allés faire du shopping pour des vêtements appropriés. Edward disait qu'il s'amusait beaucoup, même si Alderan trouvait beaucoup de leurs tâches extrêmement ennuyeuses. Bien qu'il ait absorbé des blocs d'information sur la vie sur Terre, en particulier dans le sud des États-Unis, il était encore stupéfait de devoir faire les courses, préparer les repas et nettoyer après lui-même, trois fois par jour. Devoir choisir des vêtements différents chaque jour pour ne pas éveiller les soupçons de la police de la mode, puis devoir laver, sécher et plier ses vêtements lui semblait également inutile.

— Et tout cela doit être répété chaque jour ! gémit-il. C'est une telle perte de temps et d'énergie.

Après quelques jours de ce régime, Edward avait mis fin aux souffrances du pauvre homme en lui trouvant une cuisinière/femme de ménage. Il lui expliqua qu'il n'était pas obligé de prendre un petit-déjeuner ou un déjeuner tous les jours s'il ne le voulait pas, car beaucoup de gens n'avaient tout simplement pas le temps et s'en passaient complètement. À cela, Alderan avait répondu : — Mais j'ai toujours faim et je suis toujours fatigué.

La famille Evers rit de bon cœur et lui dit qu'il s'y habituerait.

— Au moins, je ne me perds plus dans les transports en commun, s'exclama-t-il fièrement.

Cela déclencha un nouveau fou rire. Ils discutaient de l'expérience d'Alderan sur Terre et de leur propre expérience en tant que Hauts Elfes lorsque Saruir entra, suivi des autres membres du Conseil.

— Nous avons des nouvelles concernant l'enquête, annonça Saruir alors que tout le monde était assis.

À ce moment-là, deux Hauts Elfes entrèrent dans la pièce et prirent place à la table. C'étaient de toute évidence des jumelles. Autant les Hauts Elfes se ressemblaient, autant ces deux-là étaient identiques. Non seulement elles étaient belles, mais leur apparence était encore plus frappante en raison des robes qu'elles portaient, en contraste saisissant avec les tuniques sobres que portaient tous les humains.

— Je crois que Lola et Devlin ont déjà rencontré nos dernières arrivées, mais pour ceux d'entre vous qui ne les connaissent pas, il s'agit de Lady Samsara, professeure itinérante à l'Académie, et de Lady Mathilda, doyenne des admissions à l'Académie internationale McTavish des sciences magiques, dit-il en donnant la parole à Lady Mathilda.

— Bonjour à tous, et merci de m'accueillir. Cela fait des siècles que je n'ai pas assisté à une réunion du Conseil. Je vais essayer d'être aussi concise que possible. Ma sœur, Lady Samsara, et le directeur Lianon m'ont parlé de quelqu'un qui avait précédemment fréquenté McTavish, un certain Ivan Lazarus, commença-t-elle, faisant une pause pour l'effet.

Phyllis remarqua que cette femme passait la plupart de son temps avec des humains et avait clairement adopté une personnalité plus flamboyante que ses semblables Hauts Elfes. Elle sourit malgré elle. C'était une femme pleine de fougue.

— Je me souvenais bien d'Ivan. Il avait toujours des ennuis et était régulièrement suspendu pour usage non autorisé de la magie en dehors des murs de l'école. J'ai pu fournir une liste de ses "associés" connus à l'équipe d'enquête. Il s'avère que la bande de vauriens avait établi leur repaire à Londres. Lady Samsara et moi avons pu saisir cinq Sphères, dix Montres Temporelles, et une impressionnante collection de Clés, Baguettes et autres artefacts magiques. Nous les avons ramenés ici avec nous, s'exclama-t-elle.

Des chuchotements se firent entendre autour de la table. Phyllis se demanda quels étaient les autres artefacts magiques.

— Merci, mesdames, pour votre participation à la récupération d'artefacts inestimables et dangereux ; ils seront en sécurité ici, répondit Saruir.

Ensuite, il donna la parole à Thanin, l'un des Hauts Elfes de l'équipe d'enquête.

— Nous avons pu appréhender les coupables et ils seront présentés devant le Conseil des Êtres Magiques Terrestres pour être sanctionnés. Il suffit de dire que les communautés magiques et de voyageurs peuvent être assurées que justice sera rendue et qu'elles sont à l'abri du danger.

— Qu'adviendra-t-il des Callahan ? demanda Lola.

— Aidan a été placé en résidence surveillée en attendant son audience devant le Conseil. Sa Clé a été révoquée définitivement. Pour sa participation à l'opération, la Clé d'Arabella a été temporairement révoquée par le Gardien, répondit Thanin.

— Mais c'est Tom ! s'exclama Lola.

— Il a été jugé innocent dans cette affaire, n'ayant été informé qu'après les faits et ayant immédiatement contacté le directeur Lianon pour obtenir de l'aide. La sœur, Tabitha, semble avoir été complète-ment ignorante de ce qui se passait, expliqua-t-il.

Lola s'affaissa de soulagement dans sa chaise. Phyllis en était ravie.

Elle savait que Lola était très attirée par le garçon. Elle n'appréciait pas particulièrement la mère ou la sœur, mais Tom était un charmant jeune homme.

— Est-ce que ça veut dire qu'on peut rentrer à la maison maintenant ? demanda Lola.

— Vous n'appréciez pas votre séjour à Summerset ? demanda Saruir, d'un ton moqueur.

— Si, monsieur, bien sûr que si, balbutia Lola, sentant qu'elle rougissait mais certaine qu'aucune couleur n'apparaissait sur sa peau d'Elfe Supérieure. C'est juste que l'école commence dans quelques jours et j'avais hâte de passer un peu de temps à la maison avant de repartir.

— Comme il se doit ; il n'y a pas de meilleur endroit que chez soi ! s'exclama Lady Mathilda.

Ce qui fit éclater de rire tous les humains. Alderan dut expliquer la référence aux autres Elfes Supérieurs.

— En effet, répondit Saruir, amusé. Oui, Lola, toi et ta famille pouvez rentrer chez vous.

— Je vais rester, bien sûr. Puisque le directeur Lianon retourne travailler, je me rendrai quotidiennement à l'Académie, mais je vous verrai tous le jour de l'orientation, dit Simon.

— Splendide, s'exclama Saruir. Nos invités se joindront-ils à nous pour le festin du soir ?

Il regarda les sœurs et Edward. Ils acceptèrent tous de se retrouver au Pavillon un peu plus tard.

— Les enfants et moi partirons demain matin si cela convient à tout le monde, annonça Phyllis. Lola et Devlin acquiescèrent. Ce serait leur dernière nuit à Summerset.

CHAPITRE 35

SIMON

Lady Samsara et Lady Mathilda étaient très populaires lors du festin ce soir-là. Simon cherchait un moyen discret de demander où elles avaient acquis leurs titres lorsque Lola résolut le dilemme en le leur demandant directement.

— Nous avons toujours été fascinées par la Terre depuis notre plus jeune âge, commença Lady Samsara. Quand le moment est venu de choisir nos professions, nous avons toutes les deux opté pour l'enseignement. Mathilda enseignait la géographie et moi l'histoire.

— Bien que les sœurs fussent compétentes et appréciées, il est devenu évident qu'elles n'atteignaient pas leur plein potentiel, interrompit Saruir. Mon prédécesseur, Baltaran, lors d'une réunion du Conseil des Êtres Terrestres, a rencontré un couple qui ne pouvait pas avoir d'enfants. Elle était une sorcière, et lui un Voyageur. C'était la première fois qu'une telle union était révélée, et nous pensions initialement que c'était la raison pour laquelle ils ne pouvaient pas avoir d'enfants. Depuis que nous avons entendu l'histoire des Evers, cette hypothèse a été abandonnée. Quoi qu'il en soit, bien que selon les normes terrestres les filles n'étaient plus des enfants, elles avaient l'âge parfait pour être parrainées et lancées dans la société londonienne en 1905.

— Voyez-vous, notre nouvelle famille n'était pas seulement composée d'êtres magiques, ils faisaient aussi partie de la noblesse, c'est pourquoi ils détenaient un siège au Conseil, expliqua Mathilda, captivant l'attention de tous. Lord et Lady Davenport avaient une telle position sociale qu'ils étaient invités à tous les plus grands événements de la saison.

— Cependant, à notre arrivée, nous avons réalisé que notre éducation à Summerset ne nous avait pas préparées aux rigueurs d'une saison londonienne, ajouta Samsara. Nous sommes arrivées en août 1905 et avons passé les quatre mois et demi suivants à recevoir une instruction dans les arts : musique, chant, danse, peinture et broderie.

— C'était une bonne chose que nous ayons assimilé les connaissances nécessaires en langue, histoire, géographie, philosophie et culture avant notre arrivée, sinon cela aurait pu prendre des années pour nous préparer, s'exclama Mathilda.

— Nous avons été présentées comme Lady Mathilda Davenport et Lady Samsara Davenport après avoir été légalement adoptées par nos nouveaux parents, conclut Samsara.

— L'une de vous s'est-elle mariée pendant votre séjour sur Terre ? demanda Phyllis.

— Non. Mais nous avons assisté à tous les bals et événements majeurs, porté des robes incroyables et rencontré des légions de prétendants empressés, répondit Mathilda d'un air rêveur.

— Nous avons décidé, à la place, de nous inscrire au Bedford College, qui fait partie de l'Université de Londres, où nous avons toutes deux obtenu notre licence ès arts en 1909. Mathilda a accepté un poste d'enseignante à McTavish et je me suis dirigée vers l'Académie. Le reste, comme on dit, appartient à l'histoire, conclut Samsara.

— Quelle histoire fascinante, s'exclama Edward, visiblement sous le charme des deux dames.

Le groupe se dispersa alors, et Simon resta avec Edward et Alderan. Simon raconta à Edward sa décision de rester à Summerset et son nouveau poste à l'Académie.

— As-tu pensé à comment ils t'appelleront ? demanda Edward.

— Je suppose que Professeur est le titre standard, répondit Simon.

— Eh bien, tu ne peux pas être Simon Evers et ressembler à un Haut Elfe, n'est-ce pas ! s'exclama Edward.

— Oh, je suppose que tu as raison. Les élèves sont humains, et je suis censé être mort, réfléchit Simon.

— Et vos deux enfants fréquentent l'école. Je doute que l'un d'entre vous soit impatient de divulguer cette information, répondit Edward.

— Bon sang, tu as encore raison. Je n'y avais clairement pas réfléchi, dit Simon. Des suggestions ?

— Que dirais-tu d'une combinaison des noms de tes ancêtres ? suggéra Edward.

— Tu n'aurais pas par hasard notre arbre généalogique avec toi ? répliqua Simon en riant.

Alderan, qui prenait ses devoirs d'observation au sérieux en suivant Edward partout où il allait, s'excusa d'interrompre puis proposa quelques options. — Voici des noms masculins possibles de votre ascendance : Ambrose, Archibald, Augustus, Bartholomew, Blaine, Davis, Elliot, Greer, Hardy, Harrison, John, Landon, Magnus, Marcus, Orville, Percy, Preston, Victor, et Warwick.

— Il y a beaucoup de choix ! répondit Simon. Je devrais peut-être demander l'aide de ma famille.

Simon se retourna et chercha Phyllis et les enfants. Il décida de mettre en pratique ses nouvelles compétences en télépathie et les appela. Ça a marché ! Tour à tour, ils levèrent les yeux de leurs conversations, s'excusèrent et se dirigèrent vers lui.

— J'ai besoin d'un nouveau nom. Je ne peux pas être Simon Evers à l'Académie. Alderan, pourrais-tu être assez aimable pour répéter mes options ? demanda Simon et Alderan s'exécuta immédiatement.

Ils prirent tous une minute pour y réfléchir.

— Que dirais-tu de Magnus Preston ? suggéra Phyllis.

— J'aime bien, dit Simon.

— Et Ambrose Harrison ? proposa Devlin.

— Aussi une bonne option, répondit Simon.

Lola réfléchissait encore, tapotant un doigt sous son nez.

— Ce sont de bonnes idées. Mais tu porteras un costume de Haut Elfe, n'est-ce pas ? demanda-t-elle.

Simon acquiesça.

— La plupart des enseignants sont appelés « Professeur » suivi de leur nom de famille, sauf le directeur Lianon et Lady Samsara, qui utilisent leur titre plus leur prénom. Que dirais-tu d'un anagramme de ton vrai nom qui sonne elfique ? Comme Minos, Monis, Somin, Sinom, Nisom, Nimos, suggéra Lola.

— Professeur Somin sonne un peu elfique, répondit Phyllis.

— Je suis d'accord, répondit Simon. Que pensez-vous tous de Somin ?

Ils furent tous d'accord pour dire que cela lui conviendrait, et portèrent un toast au nouveau Professeur Somin, enseignant en arts visuels à l'Académie.

Saruir s'approcha d'eux et demanda s'il pouvait proposer un toast à la famille, étant donné que c'était leur dernière nuit à Summerset. Ils acceptèrent. Il alla se placer devant la table du buffet et leur fit signe de le suivre. Il leva les mains et tout le monde tourna son attention vers lui.

— Chère communauté, ce soir nous devons faire nos adieux à ces merveilleux humains. Edward Radcliff a accepté d'accueillir Alderan sur Terre et de lui enseigner son métier afin qu'Alderan puisse prendre la relève après son apprentissage, commença-t-il et il y eut une acclamation de l'assemblée. Simon Evers rejoint notre communauté et prendra le poste de Professeur d'Arts à l'Académie et sera désormais connu sous le nom de Somin. D'autres acclamations vinrent des Hauts Elfes.

— Et enfin, remercions Phyllis, Lola et Devlin pour nous avoir fait profiter de leurs perspectives uniques, dit Saruir. Puis il leva son verre et ajouta : — Vous serez toujours les bienvenus à Summerset.

Tout le monde leva son verre pour porter un toast aux humains. Saruir demanda si quelqu'un voulait dire quelque chose et, comme personne ne se portait volontaire, Phyllis décida de s'adresser à leurs nouveaux amis.

— Au nom de ma famille, et d'Edward qui en est un membre honoraire, je vous remercie pour votre hospitalité. Ça a été un grand honneur de passer du temps dans votre magnifique pays, d'apprendre à connaître non seulement votre culture mais aussi les habitants formidables que nous espérons pouvoir maintenant appeler nos amis. N'hésitez pas à nous le faire savoir si l'un d'entre vous souhaite nous rendre visite sur Terre, nous serions ravis de vous accueillir, dit-elle.

Il y eut de nouvelles acclamations et applaudissements. Quand le calme revint, Phyllis, Lola et Devlin allèrent faire des adieux plus personnels à Aeriearie, Celenious et Rumena. Lorsque le ciel vira au gris, ils retournèrent à la maison.

LE MATIN, la réalité de leur départ s'imposa. Simon allait leur manquer. Phyllis et les enfants portaient leurs vêtements terriens et avaient repris leur forme humaine. Il serra chacun d'eux étroitement dans ses bras, mais il étreignit Phyllis un peu plus longtemps.

— Je te reverrai dans quelques jours, Simon. J'accompagnerai les enfants à l'Orientation, dit Phyllis.

— Je sais, mais je serai le Professeur Somin à ce moment-là, pas ton frère. Donc même si tu viens en visite tous les dimanches, ce ne sera pas pareil, répondit Simon avec émotion.

— On se verra pendant les vacances, dit Phyllis, en l'attirant vers elle pour l'embrasser sur la joue.

— Et nous te verrons à l'école, dit Devlin.

— Tu auras sûrement un bureau où nous pourrons te rendre visite si nous voulons parler en privé ? demanda Lola.

— Bien sûr, je l'ai déjà vu. C'est incroyable ! dit Simon.

Les enfants rirent et expliquèrent que c'était probablement comme tous les autres bureaux des professeurs : adjacent à leur salle de classe, équipé d'un bureau, de quelques étagères et de deux fauteuils devant la cheminée.

— Il y a aussi une salle de bain privée, dit Simon. Et il a une exposition au sud avec beaucoup de lumière. J'ai déjà installé mon chevalet près de la fenêtre.

— Je pourrais peut-être t'envoyer certaines de tes affaires du manoir ; peut-être quelques tableaux que tu as terminés depuis ta mort. Ce serait dommage de les laisser empilés dans ton alcôve, suggéra Phyllis.

— Excellente idée, merci, Phyllis, dit Simon, en serrant à nouveau sa sœur dans ses bras.

— Où vas-tu vivre après notre départ ? demanda Lola.

— Le directeur m'a proposé une chambre. En tant que membre du Conseil, il a une maison pour lui tout seul. Comme il reste généralement dans ses appartements à l'Académie pendant l'année scolaire, j'aurai la maison pour moi tout seul. Et puisque je serai en Virginie pendant les vacances scolaires, il sera seul. C'est une solution efficace, dit Simon.

Il avait fait ses bagages pour les emporter dans la nouvelle maison après le départ de sa famille.

Comme ils ne pouvaient pas prendre un portail directement depuis la maison, ils marchèrent jusqu'au Pavillon du Conseil et entrèrent. Simon ouvrit son sac et donna sa Clé à Devlin.

— C'était la condition, dit Simon. Le Dépôt, les Archives et les arte-facts sont repartis avec Edward et Alderan ce matin. Si vous en avez besoin, vous savez où les trouver.

Devlin et Lola acquiescèrent.

Simon ouvrit un portail pour eux et leur fit signe d'au revoir. — À bientôt !

CHAPITRE 36
DEVLIN

Ils arrivèrent à la maison dans le couloir de l'étage. Devlin regarda sa montre ; c'était le mardi 1er septembre à huit heures du matin. Ils étaient partis depuis neuf jours et avaient encore cinq jours avant de devoir se présenter à l'école. *Parfait*, pensa Devlin.

— Je meurs de faim ! s'exclama Lola.

Phyllis et Devlin rirent mais dirent qu'ils avaient faim aussi. Ils décidèrent de déposer leurs affaires et de se diriger vers la cuisine pour préparer le petit-déjeuner. C'est là que Sally les trouva quand elle arriva à neuf heures. Comme la famille était absente, elle n'avait pas eu à venir tôt pour préparer le petit-déjeuner.

— Pourquoi ne m'avez-vous pas demandé de venir, Mme Evers ? J'aurais pu vous préparer le petit-déjeuner, dit-elle en les chassant de la cuisine.

— Je suis désolée, Sally, nous sommes arrivés au milieu de la nuit, trop tard pour vous prévenir, et nous venons juste de nous réveiller, répondit Phyllis.

— Eh bien, je suis là maintenant. Allez dans la salle à manger, et je vais tout vous apporter, répliqua la gouvernante.

Lola remplit sa tasse de café et prit l'un des muffins aux myrtilles qu'ils avaient décongelés. Devlin en prit un aussi, et ils se dirigèrent vers la salle à manger. Peu après, Sally commença à installer les choses sur le buffet. Ils attendirent patiemment qu'elle termine l'installation, la remercièrent et remplirent leurs assiettes.

C'était comme s'ils n'avaient pas mangé depuis une semaine. Devlin ne se souvenait pas d'avoir jamais eu aussi faim, même quand il était un adolescent en pleine croissance. Même Phyllis, qui prenait habituellement des fruits avec un peu de yaourt, rapporta à sa place une assiette pleine de bacon et d'œufs. L'assiette de Lola avait l'air normale : pleine à ras bord. Devlin rit doucement et s'assit à table. Ils mangèrent en silence pendant un bon moment, se levant seulement pour se resservir en jus, thé ou café.

— C'aurait été l'occasion idéale de réduire ta consommation de caféine, suggéra Devlin. Puisque tu n'en as pas eu depuis neuf jours.

— J'étais dans un corps d'Elfe ; ils n'ont pas besoin de caféine. Moi, simple humaine, j'ai besoin de café pour fonctionner à un niveau socialement acceptable, rétorqua Lola.

— Je vois ce que tu veux dire, répondit Devlin, échangeant un regard amusé avec Phyllis.

Phyllis, ayant terminé son festin herculéen, annonça qu'elle allait regarder ses messages et ses e-mails, puis se rendre dans sa chambre pour se reposer.

— J'allais bien quand nous sommes arrivés, mais ce repas copieux m'a donné envie de dormir, dit-elle en se levant.

Devlin se leva et dit :

— C'est probablement dû à la densité de la Terre et à l'attraction de la gravité. Je suis sûr que nous nous réadapterons bientôt.

Lola se leva également et dit qu'elle passerait la journée à flotter dans la piscine pour contrer la sensation de lourdeur. Elle embrassa Phyllis sur la joue, fit un signe de la main à Devlin et quitta la pièce.

— Très astucieux, ma chérie, répliqua Phyllis en sortant.

Il semblait que personne ne s'intéressait à ce que Devlin avait prévu pour la journée. Il alla à la cuisine pour demander le journal du jour à Sally. Il le ramena dans la salle à manger, prit une tasse de tisane et s'assit. Il se mettrait au courant des affaires de Virginie, vérifierait auprès de John et s'occuperait des tâches hebdomadaires une fois que Phyllis aurait quitté le bureau.

CHAPITRE 37
LOLA

L ola alla dans sa chambre pour prendre son téléphone. Elle enfila son maillot de bain et une tunique. Elle vérifierait ses e-mails plus tard. Elle devait encore répondre à Jane, et elle était sûre que Jackson lui aurait envoyé un résumé de son voyage jusqu'à présent.

En passant par la cuisine, elle informa Sally de l'endroit où elle serait et lui demanda s'ils avaient quelque chose qu'elle pourrait utiliser pour se faire un sandwich plus tard. Sally l'assura que Phyllis avait passé en revue le menu de la semaine avec elle et qu'elle allait partir faire des courses.

— Je ferai des sandwichs pour tout le monde et je les mettrai sur une assiette dans le frigo, dit Sally.

Lola la remercia et se dirigea vers la piscine. Ses pieds lui semblaient si lourds. Ils avaient appris l'ancrage dans le cours de M&M, mais c'était un tout autre niveau d'ancrage. Elle n'avait pas réalisé à quel point elle était légère et gracieuse en tant que Haut Elfe. Maintenant, elle se sentait juste maladroite.

Elle prit une serviette et une bouteille d'eau à l'intérieur du pool house, déposa ses affaires sur une chaise et fila droit vers la piscine.

L'eau était chaude et c'était merveilleux d'y être immergée. Elle se laissa flotter sur le dos et ferma les yeux, faisant semblant d'être dans le bain minéral de Summerset. Ses paupières commencèrent à s'alourdir et elle se força à rester éveillée suffisamment longtemps pour sortir de la piscine. Il lui fallut toute sa force pour monter les marches hors de l'eau. Elle se sentait encore plus lourde qu'avant. Elle s'enveloppa dans la serviette, déplaça ses affaires sur la table d'appoint, mit la chaise longue à plat et s'installa pour une sieste.

Quelqu'un lui tira la main. — Lola, réveille-toi. Tu vas prendre un coup de soleil, dit la voix.

Confuse, Lola releva la tête. Elle était allongée sur le ventre et son cou lui faisait mal d'avoir dormi le visage dans ses bras.

— Jackson ? coassa-t-elle.

— Non, idiote, c'est Devlin, répondit la voix.

Lola se réveilla complètement alors et se retourna sur le dos. Pendant un instant, elle avait cru que c'était Jackson, venu la gronder pour ne pas avoir mis de crème solaire. Bien sûr, elle avait oublié. Mais c'était au tour de Devlin de la réprimander, pas à Jackson.

— J'étais sous le parasol, marmonna-t-elle.

— Peut-être l'étais-tu, il y a une heure, répliqua-t-il en lui tendant la crème solaire. Elle la prit à contrecœur et commença à s'en badigeonner les bras, les jambes et le visage.

— Quelle heure est-il ? demanda-t-elle.

— L'heure du déjeuner ! dit-il en sortant une assiette de derrière son dos.

Lola se ragaillardit immédiatement, s'essuya les mains sur la serviette et prit l'assiette qu'il lui tendait. Il y avait un sandwich au thon, un cornichon et des chips au sel et au vinaigre — ses préférées !

— Merci, Devlin. Tu as déjà mangé ? demanda-t-elle.

— Oui, j'ai mangé avec Phyllis. Elle est partie passer l'après-midi avec Boris. Elle sera de retour pour le dîner, répondit-il en s'asseyant sur la chaise à côté de la sienne.

— Cool. Qu'as-tu fait de ta matinée ? demanda-t-elle, la bouche pleine de sandwich au thon.

Devlin lui fit un résumé de sa matinée et elle hocha la tête.

— As-tu eu des nouvelles de Jackson ? demanda-t-il.

— Je ne sais pas. Je n'ai pas vérifié mes e-mails, et je me suis endormie avant de pouvoir regarder mon téléphone, dit Lola en ouvrant sa bouteille d'eau. Et toi ?

— Oui. Il m'a envoyé un message avec une photo de lui à Stockholm, répondit Devlin en montrant la photo à Lola.

— Wow ! A-t-il dit comment se passait le voyage ? demanda-t-elle.

— Seulement qu'il s'amusait bien, dit Devlin.

— Super. Il y a quelque chose pour le dessert ? demanda Lola en posant son assiette vide sur la table.

Devlin rit, sortit un petit paquet de sa poche et le donna à Lola.

Lola ouvrit la serviette pliée pour découvrir deux cookies aux flocons d'avoine et aux raisins secs. Elle poussa un cri de joie, ce qui provoqua un nouveau rire de Devlin.

— Je parie que tu as déjà hâte d'être au dîner, dit-il en ricanant.

— Je suis gavée pour l'instant, merci. Mais si tu veux dire, *Est-ce que j'ai hâte de manger un vrai repas humain fait maison*, tu n'as pas idée, dit Lola en ramassant les miettes restées dans la serviette.

— Je ne suis peut-être pas un fin gourmet comme toi, mais j'avoue que la nourriture à Summerset n'était pas extraordinaire. Cependant, j'ai apprécié le thé Gloire du Matin. Je demanderai à Père d'en rapporter quand il rentrera pour les fêtes, dit Devlin.

— Excellente idée ! Peut-être pourra-t-il aussi ramener de ces Fruits de la Jungle. C'était délicieux, répondit Lola.

Devlin acquiesça et se leva.

— Tu vas mettre ton maillot de bain ? L'eau est agréable, dit Lola.

— Peut-être plus tard. Je ne suis pas habitué à cette chaleur. Il fait plus frais à l'intérieur. Je pense que je vais aussi faire une sieste, dit-il en bâillant.

— D'accord, à plus tard, dit Lola alors qu'il partait par le pool house.

Lola prit son téléphone et commença à faire défiler les textos et les messages. Avant de partir pour Summerset, elle avait envoyé un message sur leur application de groupe pour informer tout le monde qu'elle serait absente pour des vacances en famille pendant deux semaines. Elle avait aussi envoyé un texto rapide à Tom.

Il y avait deux messages de Jackson. Elle ouvrit ceux-là en premier, s'attendant à des photos comme celles que Devlin lui avait montrées. Elle ne fut pas déçue. Le premier était à Venise. Jackson était sur une gondole et avait pris un selfie avec le gondolier. Le texte disait simplement *J'aimerais que tu sois là*.

Le second était à Paris, au sommet de la tour Eiffel. Il y avait deux photos, un selfie de Jackson avec le portier, et une autre de la vue. Ce texte disait *On ne peut pas battre cette vue*.

Elle passa aux messages de Tom. Il y en avait une douzaine. Certains dataient d'avant leur conversation téléphonique à Londres. Elle les supprima. Les suivants étaient des excuses pour ce que sa famille lui avait fait subir et pour l'assurer qu'il n'y était pour rien, bien qu'il admît que sa mère et son oncle l'avaient encouragé à se rapprocher d'elle. Il expliquait qu'il pensait que c'était parce qu'elle était nouvelle et héritière. Il ajoutait que sa famille n'était pas la seule à avoir des idées folles sur les unions convenables. Il poursuivait en disant qu'il l'aurait recherchée même si on le lui avait spécifiquement interdit, car il avait été complètement envoûté par elle dès le premier instant. Le message le plus récent était une supplique pour obtenir son pardon et une promesse que ses sentiments étaient sincères. Ils semblaient effectivement sincères.

Mais Lola avait besoin de l'avis d'au moins deux sources de confiance : Phyllis et Sara. Comme Phyllis était actuellement sortie, il ne restait que Sara. Sara avait envoyé deux messages depuis son départ pour Summerset. Le premier disait : *Mon Dieu ! Tu as vu les nouvelles à propos de Tom ?*

Le deuxième disait : *Appelle-moi DÈS QUE POSSIBLE !* Il avait été envoyé hier. Elle répondit *Oui* au premier, et *C'est un bon moment ?* au second. Il était 14h ici, ce qui faisait environ 20h là-bas.

Sara répondit par message : *Je peux venir ?*

Lola répondit : *Bien sûr, apporte un maillot de bain.*

Quelques minutes plus tard, la porte de Sara apparut sur le bord de la piscine. Elle passa rapidement et la porte disparut. Lola se leva et se précipita vers son amie. Sara eut droit à une étreinte serrée. Elle regarda Lola avec surprise.

— Tout va bien ? demanda-t-elle. C'est la première fois que tu prends l'initiative d'un câlin !

— Tu m'as vraiment manqué ! s'exclama Lola, entraînant son amie vers les chaises longues.

— Tu m'as manqué aussi, dit Sara en enlevant son paréo et s'allongeant sur la chaise, profitant du soleil de Virginie. Je pourrais m'y habituer.

— Tu ne croiras jamais ce qui s'est passé ! dit Lola.

Lola raconta à Sara tout ce qui était arrivé depuis la dernière fois qu'elle l'avait vue à la fête de Tom. Elle eut une pensée fugace que certaines choses devraient peut-être rester dans la famille, mais c'était un secret trop grand à garder. Papa était à Summerset, Phyllis voudrait probablement retourner à sa vie normale, et Devlin était génial, mais ce n'était pas une amie.

Sara avait réglé une minuterie sur sa montre et toutes les vingt minutes, elles se retournaient. Après la première heure, elles poursuivirent leur conversation dans la piscine.

— Quelle chance, Lola ! Tu sais combien d'humains ont la possibilité de visiter Summerset ? Très peu, voilà combien ! s'exclama-t-elle. Elle posa quelques questions pour clarifier et, connaissant Lola comme elle la connaissait, elle s'enquit de la nourriture.

— Simple et nutritive, fut la réponse de Lola.

— En d'autres termes, horrible ! dit Sara en gloussant.

— Comment vont les choses pour toi ? Du nouveau ? demanda Lola.

— Rien du tout à signaler. Ta vie est toujours tellement plus passionnante que la mienne, dit-elle.

— Tant mieux, parce que j'ai besoin de ton conseil sur ce que je dois faire à propos de Tom, dit Lola. Elle prit son téléphone et ouvrit les messages de Tom. Elle tendit son téléphone à Sara pour qu'elle puisse les lire.

— Il semble sincère, dit Sara, lui rendant le téléphone. Honnêtement, Lola, même mes parents m'ont suggéré de me lier d'amitié avec des gens en fonction de leur statut social ou de leurs revenus. Les parents peuvent être de tels abrutis.

— C'est quoi un abruti ? demanda Lola en riant.

— Quelqu'un qui craint ! dit Sara et Lola rit encore plus fort.

— Tu as raison. Ils ont des idées tellement dépassées ! s'exclama Lola.

— Je sais ! Mes parents s'attendent toujours à ce que j'épouse un homme ! Je veux dire, j'aime les hommes, mais et si j'avais été gay ? Ou si je ne voulais pas me marier du tout ? s'écria Sara.

— Wow ! Quand je suis arrivée ici, Phyllis m'a demandé si j'avais un petit ami ou une petite amie, donc je suppose qu'elle est un peu plus ouverte que tes parents, répondit Lola.

— Quoi qu'il en soit, je pense que tu devrais donner une chance à Tom. Mais à moins que tu ne lui manques terriblement, laisse-le mariner encore quelques jours. Je veux dire, tu as dit que tu serais partie pour deux semaines et tu es rentrée plus tôt, suggéra Sara.

Lola hésita. — Ce n'était pas sa faute, pourtant.

— Tu sais ce que tu veux lui dire ?

Lola secoua la tête.

— Alors donne-toi ce temps pour y réfléchir. En parlant de garçons. Maintenant qu'on t'a réglé ton cas, y a-t-il une chance de voir ton joli frère ? demanda Sara, battant des cils avec douceur.

— Bien sûr ! Je suis désolée de t'avoir monopolisée. Tu peux rester combien de temps ? demanda Lola.

— Tu sais que je n'ai pas de couvre-feu. Je resterai jusqu'à ce que tu me renvoies chez moi, répondit Sara, sortant de la piscine et attrapant une serviette.

— Viens, j'ai une idée. Tu as ton téléphone ? demanda Lola.

— Bien sûr. Pourquoi ? demanda Sara.

— Prenons un selfie près de la piscine et tu peux lui demander s'il veut venir nager, suggéra Lola.

— Brillant ! dit Sara. Elle prit son téléphone, ouvrit l'application appareil photo, et elles prirent une dizaine de selfies avant d'être satisfaites. Elle envoya la photo à Devlin avec la légende : *Envie d'une baignade ?*

Devlin répondit en quelques secondes : *J'arrive !*

Devlin ne se souciait visiblement pas de paraître trop impatient, car sa porte apparut sur le pont et il sortit en maillot de bain et tongs.

— Bonjour, mesdames. J'entends dire que l'eau est bonne, dit-il en renvoyant sa porte.

— Tu es si paresseux ! Tu aurais pu marcher ! rit Lola.

— Pourquoi marcher quand on peut Voyager ? De plus, je suis allé à la salle de sport aujourd'hui. Je n'ai pas besoin d'exercice supplémentaire, dit-il.

Sara gloussa. Il s'approcha d'elle, prit sa main et y déposa un doux baiser.

— Tu ressembles à une sirène, dit-il, et Sara gloussa de plus belle.

— Tu me rejoins dans la piscine ? lui demanda-t-il.

— Oui, bien sûr, répondit Sara. Devlin n'avait pas lâché sa main, et il la conduisit vers la piscine.

— Tu viens, Lola ? demanda-t-elle.

— Dans une minute, je veux juste répondre à quelques messages, mentit Lola.

Elle voulait leur laisser un peu d'intimité, mais pas trop, sinon Devlin paniquerait à l'idée d'être sans chaperon. Elle ouvrit l'application du groupe et lut les messages qui étaient arrivés depuis la fête. Ça avait été un énorme succès.

Il y avait une discussion sur le choix des spécialités ; James doutait soudainement de lui-même. Tout le monde lui disait de choisir n'importe quoi et de changer plus tard. Il y avait une discussion sur Lenora et Keith, l'ami de Tom. Ils sortaient toujours ensemble, et il avait passé un week-end chez Lenora. *Serait-elle enfin sérieuse avec un garçon ?* se demanda Lola.

Lola finit par rejoindre Devlin et Sara dans la piscine et ils s'éclaboussèrent tout en bavardant sur leurs amis. Ce fut un super après-midi et, vers cinq heures, Sara annonça qu'il était temps pour elle de partir. Elle était fatiguée et devait se lever tôt le lendemain pour garder ses sœurs.

Elle fit un câlin à Lola et Devlin et ils promirent de rester en contact avant la rentrée.

CHAPITRE 38

PHYLLIS

P hyllis n'était pas avec Boris. En réalité, elle était assise dans la salle d'attente de son médecin, attendant que John vienne la chercher. Elle avait appelé son médecin ce matin-là pour demander un rendez-vous urgent. Il lui avait assuré qu'il lui trouverait un créneau, même si elle avait refusé de lui dire ce qui n'allait pas au téléphone.

Alors qu'elle quittait la salle du Conseil lors de leur dernière soirée à Summerset, Rumena lui avait demandé un mot en privé. Phyllis s'attendait à ce que son amie exprime sa tristesse face à son départ et elle allait lui proposer de rester en contact par lettres. Bien que Rumena ait dit que c'était une merveilleuse idée, elle avait en réalité des nouvelles urgentes à lui communiquer.

Phyllis regarda autour d'elle, prit une profonde inspiration, ferma les yeux et se remémora la conversation.

— Qu'y a-t-il ? avait-elle demandé. Je sais que tu ne peux pas être malade.

— Ce n'est pas moi, c'est toi ! répondit Rumena.

— Bon sang, ne me dis pas que j'ai un cancer ! s'exclama Phyllis en panique, se tenant la poitrine.

Rumena parut horrifiée et prit la main de Phyllis.

— Chère amie, non ! Tu es en parfaite santé.

— Qu'est-ce que c'est, alors ? demanda Phyllis, regardant son amie intensément.

Rumena sourit lentement et Phyllis relâcha sa prise sur la main de la Haute Elfe.

— Tu es enceinte, annonça Rumena. N'est-ce pas merveilleux ?

— Enceinte de quoi ? demanda Phyllis, confuse. Et puis elle comprit. Enceinte d'un bébé ? Ce n'était pas possible. Enfin, si, techniquement, c'était possible.

— Mais je suis trop vieille ! s'exclama-t-elle.

— Quel âge as-tu, déjà ? s'enquit Rumena.

— J'ai quarante-six ans, répondit-elle.

Rumena avait l'air de faire le calcul, ou peut-être de chercher dans le collectif des informations sur la maternité sur Terre.

— Tu n'es pas trop vieille ! Des mères ont des bébés bien après soixante ans sur Terre. Je ne pense même pas que tu sois considérée comme une grossesse à risque ! s'exclama Rumena, balayant ses inquiétudes d'un geste de la main.

Phyllis ouvrit la bouche, mais aucun son n'en sortit. Tenant toujours la main de son amie, elle pensa : *J'ai besoin de m'asseoir mais je ne veux pas attirer l'attention.*

Rumena hocha la tête et la conduisit hors de la pièce et dans le couloir pour s'asseoir, à l'abri des regards indiscrets.

— Tu n'es pas heureuse ? demanda Rumena, l'inquiétude gravée sur son visage de porcelaine.

— Je... Je... Si ! Bien sûr que je suis heureuse. C'est juste un choc. J'ai toujours voulu des enfants, mais ça ne semblait jamais être dans les cartes pour moi, dit-elle, retrouvant sa voix.

— Et le père ? demanda Rumena.

— Boris ! Oh, mon Dieu. Je n'ai aucune idée de comment Boris va réagir. Il est plus âgé que moi. Il a déjà été marié et a des enfants adultes qui sont assez âgés pour avoir leurs propres enfants ! expliqua Phyllis.

— Je vois, répondit Rumena, attendant qu'elle continue.

— Je ne veux pas que les autres le sachent tout de suite. Je veux garder cette nouvelle pour moi pendant un moment, si ça ne te dérange pas, dit-elle finalement.

— Bien sûr, je ne divulguerais jamais d'informations te concernant à une autre partie sans ton autorisation, l'assura rapidement Rumena.

Phyllis l'avait serrée dans ses bras et elles étaient retournées dans la salle pour rejoindre les autres.

Quand Phyllis avait vu son médecin, il lui avait fait un examen physique et avait confirmé le diagnostic de Rumena. Elle était encore au début de sa grossesse, peut-être un mois ou deux, et ne montrait pas encore. Pour être sûr, il lui avait fait faire un test d'urine et lui avait demandé d'attendre les résultats officiels.

La grossesse fut confirmée et il lui demanda de revenir dans quatre semaines. Le docteur avait exposé ses options mais ne semblait pas préoccupé par son âge. Si Phyllis voulait poursuivre la grossesse, elle pouvait s'attendre à une grossesse normale et en bonne santé.

Phyllis remercia le Dr Seymour et dit qu'elle devait en discuter avec le père du bébé. Elle prit rendez-vous avec sa secrétaire et envoya un message à John pour qu'il vienne la chercher. Maintenant, elle était assise et l'attendait.

Pas étonnant que j'aie tant mangé au petit-déjeuner, pensa-t-elle.

L'idée de nourriture lui traversant l'esprit, elle quitta la salle d'attente et se rendit dans la pâtisserie d'à côté en attendant. Elle n'avait initialement prévu que d'acheter quelques friandises pour les enfants, mais elle resta figée devant un gâteau à deux étages rose et bleu. Le glaçage noir disait *Nous attendons des jumeaux* ! Phyllis commença à se sentir faible. Elle demanda un éclair et un verre d'eau et s'assit près de la fenêtre pour guetter l'arrivée de John.

En attendant sa pâtisserie, elle essaya de ne pas imaginer avoir des jumeaux. Mais évidemment, c'était impossible. Dès qu'on essaie de ne pas penser à quelque chose, notre cerveau se concentre uniquement dessus. Il n'y avait eu qu'une seule paire de jumeaux dans leur famille, mais peut-être que les jumeaux étaient courants dans la famille de Boris. Elle s'était faite à l'idée d'avoir un bébé. Elle n'avait jamais osé espérer. Mais des jumeaux lui semblaient un peu trop écrasant.

Même si Boris ne faisait pas une crise cardiaque en apprenant la nouvelle, et en supposant qu'il soit heureux, où allaient-ils vivre ? En Russie ou en Virginie ? Elle était sur le point d'hyperventiler quand le serveur arriva avec son éclair et son eau. Elle le remercia et but la moitié du verre.

Puis, prenant une profonde inspiration, elle se concentra sur l'éclair. Il était parfait. Le glaçage au chocolat formait une bande nette sur le dessus de la pâtisserie feuilletée remplie de crème. La fourchette le trancha comme dans du beurre ; il était frais. La première bouchée atteignit ses papilles et elle fut transportée en France, marchant sur les Champs-Élysées.

Elle essaya de le savourer, de le faire durer, mais après deux bouchées mesurées, elle prit de façon inhabituelle le reste de l'éclair et le fourra entièrement dans sa bouche. Il y eut une explosion de crème dans sa bouche et elle soupira de plaisir. Puis elle mit ses mains sur son visage, horrifiée. Quelqu'un l'avait-il vue s'enfourner l'éclair dans la bouche ?

Elle se retourna pour regarder la boulangerie, mais il n'y avait pas d'autres clients. Le vendeur était occupé à l'arrière. Se retournant, elle regarda dehors. Il n'y avait personne qui la regardait avec désapprobation, mais elle remarqua que leur voiture s'arrêtait devant le cabinet du médecin.

Elle se leva, laissa de l'argent sur la table et lança un merci au vendeur en sortant.

Il était seize heures quand elle rentra à la maison. Elle alla à la cuisine pour vérifier le dîner. Sally sortait tout juste un plat de petits pains du four. Ils sentaient divinement bon.

Elle commençait à comprendre ce que ressentait Lola. Elle venait de manger un éclair en plein milieu de l'après-midi alors qu'elle n'avait même pas faim. Il n'était pas question qu'elle succombe aux petits pains. Elle avait gardé sa silhouette si longtemps sans faire d'exercice rigoureux, et elle n'allait certainement pas commencer à manger pour deux. Elle nota mentalement de demander des vitamines prénatales lors de son prochain rendez-vous.

Elle s'enfuit de la cuisine et alla dans sa chambre pour prendre un bain et s'habiller pour le dîner.

CHAPITRE 39
SIMON

L e jour de sa rentrée, le directeur lui offrit un cadeau. C'était une tunique, mais plus élaborée que celle qu'il portait à Summerset. Elle ressemblait à celle de Lianon, tout en étant unique. Simon, ou plutôt le professeur Somin, l'adorait.

Il y avait un miroir dans sa salle de bain privée. Bien que Simon vécût comme un Haut Elfe depuis plus d'une semaine, il était toujours surpris de voir son reflet. Il aimait ce qu'il voyait ; c'était toujours lui sous ce visage pâle et ces longs cheveux.

Il rencontrait le personnel aujourd'hui. Ils organisaient un petit-déjeuner de bienvenue. Le directeur l'avait informé qu'il n'était pas le seul nouveau professeur. Ils avaient récemment embauché un nouveau maître de danse et un nouveau professeur de philosophie.

Lianon ne lui avait pas révélé le ratio humains-autres espèces, tandis que Lola avait mentionné que seuls deux humains faisaient partie du corps enseignant d'été. Il y en avait sûrement plus parmi le personnel permanent ?

Simon se rappela alors qu'il ne faisait plus partie de l'équipe humaine. Il était maintenant dans l'équipe des Hauts Elfes.

À part Lianon et Samsara, il ne savait pas s'il y avait d'autres Hauts

Elfes — il n'avait jamais posé la question. Pour tout le monde, il ne serait qu'un Haut Elfe ordinaire.

Il était nerveux. Jetant un dernier coup d'œil dans le miroir, il se jugea présentable et quitta la salle de bain. Il prit un carnet en cuir et un stylo avant de se diriger vers la salle à manger.

Heureusement, il n'était pas le premier arrivé. Quelqu'un avait dressé une longue table, alors il posa son carnet et son stylo sur un couvert et se dirigea vers le buffet, prêt à se mêler aux autres.

La nourriture avait l'air délicieuse. Pas étonnant que Lola en ait chanté les louanges. Il hésita à prendre d'abord une tasse de café. Celui-ci sentait divinement bon. Cependant, quand il le goûta, il trouva que le goût était étrange, bien que Lola lui ait assuré que c'était le meilleur café qu'elle ait jamais bu.

Il dut faire une grimace, car Lady Samsara s'approcha et dit :

— Ce n'est pas le café. Ce sont vos papilles.

— Vous voulez dire que je ne pourrai apprécier aucun aliment humain ? demanda Simon, incapable de cacher sa déception.

— Si vous vous en tenez aux aliments les moins transformés, ça devrait aller, répondit-elle. Tout ce qui a un goût *bizarre* est quelque chose d'inadapté à notre constitution.

— C'est ingénieux ! s'exclama Simon. Ce serait utile si les humains avaient ça.

— Oh, mais ils l'ont. Ils n'y prêtent juste pas attention ! répliqua-t-elle en riant.

— Vous avez peut-être raison, concéda Simon.

— Laissez-moi vous montrer où vous pouvez trouver du thé d'ipo-mée, dit-elle en lui faisant signe de la suivre.

Simon se ragaillardit immédiatement. Il adorait ce thé ! Il en avait bu une tasse ce matin avant de traverser le Portail pour se rendre à son bureau. Contrairement aux étudiants qui devaient se déplacer depuis et vers le Grand Hall, il pouvait utiliser le Portail directement de sa maison à son bureau. Quel trajet court !

Il gardait sa nouvelle tunique au travail et se changeait à son arrivée. Elle était toujours propre et prête pour lui quand il arrivait le matin.

Une tasse de thé à la main, il suivit Samsara qui le présentait à certains de leurs collègues. Il lui était vraiment reconnaissant de faire cela. Simon n'était pas timide, loin de là. Il était habitué à assister à de grands événements et à se présenter. Cependant, il menait une vie plutôt solitaire depuis qu'il était tombé malade et se sentait hors de pratique. De plus, il avait peur de faire un faux pas et de se présenter comme Simon Evers, par habitude.

De cette façon, il était déjà le professeur Somin pour au moins une douzaine de membres du corps enseignant.

Les lumières clignotèrent. Samsara lui dit qu'ils devraient rejoindre leurs places. Il alla au buffet et mit quelques aliments dans son assiette avant de se diriger vers la place qu'il s'était réservée. Quand le directeur arriva en bout de table, tout le monde se leva. Lianon les remercia et leur dit de s'asseoir.

Il leur donna quelques informations puis présenta chaque membre du corps enseignant. Cela prit un certain temps, car il y avait facilement plus de cinquante professeurs assis à la table.

Il y avait un bon mélange d'espèces et une vaste gamme d'expertises. Il était heureux d'avoir absorbé toutes les informations du Programme d'Été car certains professeurs dépassaient son imagination et il ne voulait offenser personne en disant quelque chose de déplacé. Il continuerait d'apprendre de nouvelles choses chaque week-end au Centre de Connaissances.

Quand ce fut son tour, il inclina la tête pour accuser réception de la présentation et Lianon passa au professeur suivant. Simon s'amusa à mettre des visages sur les noms que Lola et Devlin avaient mentionnés pendant l'été.

Une fois les présentations terminées, le directeur annonça qu'ils rencontreraient les chefs de département après le petit-déjeuner. Pour le département des arts, c'était l'un des professeurs de musique, une fée mâle nommée professeur Barton.

Ce fut une courte réunion, tenue dans la salle de classe du professeur Barton. Ils passèrent en revue les principales règles du Manuel du Corps Enseignant, qui étaient assez simples. Ensuite, ils discutèrent des thèmes possibles pour le spectacle de fin de trimestre et se répartirent diverses activités parascolaires.

Comme Simon devait retourner à Summerset chaque soir pour sa convalescence, il n'était pas tenu de prendre le repas du soir à l'école. Cela avait été brièvement expliqué au personnel comme étant dû à une condition médicale.

Par conséquent, Simon choisit d'animer des activités le samedi et le dimanche matin, un créneau horaire peu prisé. Il prévoyait d'ouvrir sa salle de classe aux élèves souhaitant travailler sur des projets créatifs personnels ou avancer sur des projets de classe.

À la fin de la réunion, Simon se rendit dans son bureau pour préparer et planifier. L'Académie n'offrait pas de diplôme en Arts Visuels — les cours qu'il donnerait seraient des options en Peinture, Dessin et Sculpture. Chaque matière avait deux niveaux. Si un élève avait réussi tous les cours, il pouvait alors s'inscrire à un cours de Techniques Mixtes. Les élèves présentaient un projet sur lequel ils voulaient travailler pendant le semestre, et leurs productions artistiques étaient généralement exposées sur le campus.

Les sept cours n'étaient pas tous proposés chaque semestre. Ce semestre, Simon enseignerait le niveau un des trois matières. C'étaient des cours du matin dispensés trois fois par semaine. Il aurait un petit groupe pour le cours de Techniques Mixtes — ces cours avaient lieu l'après-midi, deux fois par semaine. C'était un emploi du temps parfaitement équilibré.

Simon n'avait jamais été professeur. En fait, Simon n'avait jamais eu d'emploi. Il ne s'était jamais posé de questions à ce sujet ; ils étaient riches et il pouvait faire ce qu'il voulait. Ce qu'il avait exactement fait. Il avait peint, voyagé, assisté à des séminaires partout dans le monde, visité tous les musées qu'il pouvait trouver et lu des dizaines de livres. Il avait vraiment apprécié sa courte vie sur Terre.

Mais ces dernières années, il n'en profitait plus autant. Il vivait sur du temps emprunté, cherchant des réponses, dépensant de l'énergie, des efforts et de l'argent inutilement. La solution lui était venue. Une autre preuve qu'il fallait avoir la foi.

Peut-être devrait-il commencer à écrire ses mémoires, pour les enfants bien sûr. Ou Devlin pourrait les inclure dans les Archives, car Simon n'avait pas réalisé à l'époque qu'il était censé enrichir le livre pour les générations futures. Oui, c'est exactement ce qu'il ferait.

Chaque matin, avec sa tasse de Morning Glory, il dicterait une partie de l'histoire de sa vie. Ce serait enregistré dans le Collectif. Une fois terminé, il demanderait une copie écrite pour le Centre du Savoir. Il n'allait certainement pas l'écrire à la main. Simon connaissait ses points forts, et l'écriture et la rigueur n'en faisaient pas partie !

Il sortit le planning et le programme du précédent professeur. C'était un peu dépassé. Il apporta quelques modifications pour rendre le contenu plus intéressant et refléter sa personnalité unique.

Chaque matière était divisée en trois parties égales : histoire et appréciation de l'art, technique et application pratique. Le précédent professeur avait résolu cela en allouant une heure par semaine à chaque partie. Il pouvait faire mieux, pensait-il.

Il diviserait les leçons d'une heure en trois mini-leçons de vingt minutes chacune. Il se souvenait à quel point les leçons théoriques pouvaient être ennuyeuses quand elles traînaient en longueur. De cette façon, les cours seraient plus équilibrés et le temps passerait plus vite.

Bien sûr, cela signifiait que les élèves n'auraient que vingt minutes pour l'application pratique. Ils étaient habitués à avoir une heure entière pour peindre, sculpter ou dessiner le vendredi. Simon estimait que c'était toujours la meilleure façon de faire, basée sur les connaissances qu'il avait absorbées. Les cours étaient destinés à l'instruction. Si les élèves voulaient du temps pour s'exprimer créativement, ils pouvaient le rejoindre les samedis et dimanches matins.

Prenant la première leçon, il quitta son bureau et alla se placer devant la salle de classe.

— Bienvenue au cours de Dessin Niveau 1. Je m'appelle le professeur Somin et c'est un honneur d'avoir l'opportunité de partager mes connaissances et mon expérience avec vous tous. Veuillez vous présenter en donnant votre nom, mais aussi en incluant votre niveau d'intérêt et de compétence en dessin, dit-il à la salle vide.

Il sourit intérieurement. *Ça va être amusant.*

CHAPITRE 40
DEVLIN

Les derniers jours avant la rentrée furent plus chargés que prévu. Devlin était désormais Intendant et apprenait encore à gérer le Domaine. Bien sûr, pendant que lui et Jackson seraient à l'école, les tâches reviendraient à Phyllis.

Il serait à l'université pour les quatre prochaines années. Il ne voulait pas que Phyllis soit confinée à la maison à cause de lui. Il avait délégué quelques tâches à John avant de partir pour Summerset, et cela s'était bien passé. Certaines tâches étaient automatisées grâce à la technologie. Le samedi matin, il décida de méditer pour trouver des moyens de faire en sorte que le Domaine se gère tout seul.

C'est alors qu'il se souvint d'Alderan. Le Haut Elfe ne pourrait-il pas jouer un rôle plus actif, étant donné que son seul travail était de gérer les affaires des Evers ? Devlin l'appela avant le petit-déjeuner et lui demanda s'il pouvait venir à la maison pour une réunion.

Alderan était, bien sûr, disponible. Bien que son intégration se passait de mieux en mieux, il n'avait pas encore commencé à interagir socialement.

— Je vous préviens que je ne peux pas offrir de conseil juridique, avertit-il.

— Je comprends. J'ai besoin d'aide pour la gestion, expliqua Devlin.

Alderan accepta et dit à Devlin qu'il serait là à dix heures, puis ils raccrochèrent.

Au petit-déjeuner, Devlin prévint Phyllis et Lola qu'ils attendaient un visiteur. Phyllis expliqua qu'elle et Lola allaient faire du shopping à Williamsburg et qu'elles déjeuneraient probablement en ville aussi.

— Je suis désolée de le manquer. Je me demande à quoi il ressemble en humain, songea Lola.

— Je n'y avais pas pensé ! s'exclama Devlin.

— Eh bien, je suis sûre que nous aurons amplement l'occasion de le rencontrer dans les années à venir, répondit Phyllis. En attendant, nous aurons des invités pour le dîner.

— Des invités ?! s'écria Lola. Puis, baissant la voix, elle ajouta : Depuis quand nous annonces-tu des invités à la dernière minute, et un jour déjà chargé ?

— Je m'excuse, ma chérie. J'aurais dû préciser. Jackson est rentré tard hier soir. Il se repose maintenant mais se joindra à nous pour l'apéritif et le dîner. J'ai aussi invité Boris, expliqua-t-elle.

— Oh ! Ce ne sont pas des invités, c'est la famille ! s'exclama Lola, se détendant dans son siège.

— Que devrions-nous partager avec eux de notre séjour à Summer-set ? demanda Devlin.

— C'est une question délicate. Il n'y a eu aucun avertissement concernant le partage de notre expérience là-bas, et comme Boris est un Voyageur, il est au courant des Hauts Elfes et de leur terre, bien que je doute qu'il l'ait visitée. Je n'en ai pas vraiment discuté avec lui. Nous avions d'autres sujets à aborder, répondit Phyllis.

— C'est vrai, et Jackson sait que nous y sommes allés et pourquoi. Ce serait étrange de ne pas partager le résultat avec lui. Il a dû s'inquié-ter, dit Lola.

— Pas du tout. J'ai demandé à Edward de le contacter pour lui faire savoir que tout allait bien, dit Devlin.

— Bien joué, Devlin. J'admets que j'étais plutôt concentrée sur la tâche à accomplir, pour ainsi dire, répondit Phyllis.

— Je m'adapte encore à mon rôle d'Intendant et de Chef de famille. C'est mon devoir de veiller au bien-être de cette famille, mais je peux différer de toi et de Père sur certains points car je suis encore jeune et inexpérimenté, dit-il.

— C'est très mature de ta part, mon chou, répondit Phyllis en lui tapotant la main. Je suis contente que tu aies contacté Alderan pour obtenir de l'aide. J'avoue que je me suis habituée à ce que Jackson et maintenant toi preniez en charge nos finances. Le travail est bien trop sérieux pour ma personnalité bohème.

— J'aime bien ce look de Seigneur du Manoir sur toi. Tu devrais porter un blazer croisé et un foulard, taquina Lola.

— Je ne pense pas que ce soit nécessaire. Nous avons déjà une veste à porter à l'école. C'est drôle. Je n'ai jamais rêvé d'une vie comme celle-ci quand j'étais jeune, dit-il, nostalgique.

— Que voulais-tu faire quand tu étais enfant ? demanda Lola.

— Je voulais être guide de montagne, répondit Devlin.

— Guide de montagne ?! s'exclama Phyllis. Tu dois tenir ça du côté de ta mère. Les Evers ont tendance à être des intellectuels sédentaires. Pas étonnant que tu aies voulu Voyager vers des endroits en plein air quand je t'ai demandé des idées de vacances.

— Oui. Mon grand-père était guide de montagne. Il est mort quand j'avais douze ans. Avant son décès, il m'emmenait faire de la randonnée et du camping aussi souvent que possible. Il disait qu'un homme devait savoir comment survivre dans la nature et affronter les éléments, répondit Devlin.

— Donc si on se retrouvait coincés au milieu de nulle part, tu pourrais nous faire sortir en toute sécurité ? demanda Lola.

— Oui, je pense que je le pourrais, répondit fièrement Devlin.

— C'est bon à savoir, dit Lola. Et nous avons définitivement choisi le bon homme pour le poste d'Intendant !

Ils terminèrent leur petit-déjeuner en discutant de leurs enfances respectives. Devlin n'avait pas connu les dîners en famille en grandissant et il adorait ces conversations détendues et improvisées.

Non seulement il apprenait à connaître sa nouvelle famille, mais cela renforçait aussi les liens entre eux.

CHAPITRE 41
LOLA

— Donc tu penses que je devrais me remettre avec Tom ? demanda Lola en sirotant son thé glacé.

Elles déjeunaient dans son restaurant préféré sur le front de mer. Lola avait commandé un sandwich au homard, servi avec des frites, une salade de chou et un épi de maïs. Le maïs était délicieux en cette saison.

— Lola, tu n'as que seize ans. Ce n'est pas comme si tu allais épouser ce garçon de sitôt, voire jamais. Ou bien m'aurais-tu caché des détails importants ? demanda Phyllis.

— Non ! On sort juste ensemble, répondit Lola, trempant ses frites alternativement dans le ketchup puis la mayonnaise. Elles étaient croustillantes et salées, exactement comme elle les aimait.

— Eh bien, voilà. Écoute ce qu'il a à te dire. Face à face, pas par SMS. Et vois comment tu te sens quand tu l'entendras. Mais écoute-le avec un esprit ouvert, suggéra Phyllis. Les Hauts Elfes l'ont innocenté de tout méfait, mais c'est à toi de décider ce que tu veux de cette relation.

— C'est un bon conseil. C'est ce que Sara a aussi suggéré, répondit Lola.

— Oui, je devrais suivre mes propres conseils, marmonna Phyllis.

— Qu'est-ce que tu as dit ? demanda Lola, levant la tête de ses dernières frites.

— Rien, ma chérie, dit Phyllis en souriant à sa nièce. Tu es excitée de retourner à l'école demain ?

— Oui et non. D'un côté, j'ai hâte de revoir mes amis et de découvrir mes cours. De l'autre, je ne peux m'empêcher de penser que ces derniers mois ont été un tourbillon et que je n'ai pas eu le temps de m'installer. De simplement *être*, dit Lola.

— Je sais ce que tu veux dire ! insista Phyllis.

— Je veux dire, la plupart de ce qui s'est passé est génial. Mais j'aurais aimé qu'on ait plus de temps pour profiter les uns des autres en famille, dit-elle.

— Je suis d'accord, Lola. Mais tu sais, la plupart des jeunes de ton âge partent à l'université. C'est une période de ta vie pour explorer de nouvelles idées, de nouvelles personnes et de nouveaux endroits. C'est une période très excitante ! Encore plus si on prend en compte les capacités uniques de notre famille, rétorqua Phyllis.

— Je sais. Je suppose que je ne suis tout simplement pas aussi à l'aise avec le changement que Devlin. Il semble embrasser sa toute nouvelle vie avec enthousiasme, dit Lola en riant.

— N'en sois pas si sûre, ma chérie. Je pense que Devlin peut avoir ses propres moments d'insécurité. N'oublie pas de prendre du temps pour être avec ton frère. Il va avoir besoin de toi, répondit Phyllis.

— Il a l'air si sûr de lui, dit Lola, dubitative.

— C'est parce qu'on a appris aux hommes à être forts, capables et à subvenir aux besoins. Devlin n'est encore qu'un garçon. Retourner à l'école lui fera du bien, surtout que votre père sera présent, dit-elle.

— C'est définitivement un point positif du retour à l'école. Je sais qu'il n'aura pas l'apparence de mon père, et on ne pourra pas l'appeler comme ça, mais on pourra le voir à la maison tous les jours. Je suppose qu'on échange un parent contre l'autre, dit Lola.

Phyllis se mit à pleurer. Lola était horrifiée. Elle fouilla dans son sac et tendit un mouchoir à sa tante.

— Je suis tellement désolée, Phyllis, je ne voulais pas te blesser, dit-elle paniquée, regardant par-dessus son épaule, inquiète d'attirer trop l'attention. Mais les autres clients ne semblaient pas le remarquer. Phyllis ne sanglotait pas ou quoi que ce soit, elle pleurait plutôt délicatement et tamponnait ses yeux avec le mouchoir.

— Tu n'as pas blessé mes sentiments, ma chérie. Tu m'as appelée un parent, dit Phyllis, la voix tremblante. Elle tendit la main à travers la table et saisit celle de Lola. Je sais que tu aimais ta mère et que personne ne pourrait jamais prendre sa place. Mais tu n'as pas idée à quel point ça me rend heureuse que tu me considères comme l'un de tes parents parce que je te considère comme la fille que je n'aurais jamais osé espérer avoir.

Lola rougit et serra la main de sa tante. Puis, la relâchant, elle se leva pour étreindre sa tante.

— Je t'aime, Phyllis. Et je ne peux pas imaginer ma vie sans toi. Tu me manques quand je suis à l'école. Mais on se verra tous les dimanches, n'est-ce pas ? dit Lola en retournant à sa place.

Phyllis hocha la tête tout en se mouchant. Elle le fit discrètement, et plutôt élégamment. Une tâche que Lola n'avait pas encore maîtrisée. Quand elle se mouchait, c'était comme si quelqu'un avait tiré la queue d'un éléphant.

— Je t'aime aussi, Lola. Et oui, je serai là tous les dimanches, essaie seulement de m'en empêcher, dit-elle avec un petit hoquet.

CHAPITRE 42
PHYLLIS

P hyllis décida de suivre son propre conseil et de prendre le taureau par les cornes. Elle fit des projets avec Boris pour l'après-midi, disant qu'elle préférait aller quelque part où ils pourraient être seuls et tranquilles.

Boris supposa qu'elle voulait l'avoir pour elle seule pour une soirée intime. Elle ne corrigea pas son hypothèse. D'abord, parce que cela servait son but d'avoir une conversation privée avec lui. Et ensuite, parce que son appétit pour la nourriture n'était pas le seul qui avait soudainement augmenté.

Elle avait interrogé son médecin à ce sujet. La plupart des mères n'avaient-elles pas des nausées matinales pendant les premiers mois ? Il l'avait assurée que seules quelques-unes étaient touchées et que tout allait bien.

Boris prit la nouvelle plutôt bien. Au début, elle crut qu'il était en état de choc. Ou qu'il ne l'avait pas entendue. Elle avait été si nerveuse qu'elle l'avait simplement lâché. Ignorant complètement l'introduction tactique qu'elle avait répétée dans la baignoire chez elle.

— Nous nous marierons immédiatement, finit-il par répondre.

— Nous pourrons discuter des aspects pratiques plus tard, Boris. Dis-moi d'abord ce que tu ressens à ce sujet, dit-elle.

Il la regarda avec confusion.

— Je suis ravi, bien sûr.

— Tu n'as pas l'air ravi, dit-elle, sceptique.

Il la regarda alors. Intensément. Ses yeux plongeant dans les siens avec une telle intensité que Phyllis commença à s'agiter. Il se leva, marcha vers elle et prit ses mains, la tirant du lit où elle était assise.

— Phyllis Evers, je t'ai aimée dès le premier instant où j'ai posé les yeux sur toi. Tu es la femme la plus accomplie, gracieuse et belle que j'ai jamais eu le privilège de rencontrer. Je me sentais honoré de pouvoir passer une semaine avec toi chaque année. Puis quand nous avons découvert que nous étions tous les deux des Voyageurs et que nous pouvions être ensemble, je ne pensais pas pouvoir être plus heureux. Mais maintenant tu me dis que tu portes mon enfant. La seule façon possible de surpasser ma joie en ce moment serait que tu me fasses l'honneur de devenir ma femme, s'exclama Boris, mettant un genou à terre pour la dernière phrase.

Il lâcha une de ses mains, plongea dans sa poche et en sortit une petite boîte. Libérant son autre main, il ouvrit la boîte et Phyllis eut le souffle coupé.

— Tu vois, j'avais prévu de te demander en mariage aujourd'hui. Si tu acceptes, ce sera le plus beau jour de ma vie.

Phyllis regarda la boîte. Elle contenait une bague ancienne de couleur argent qui devait être dans sa famille depuis des générations. L'anneau était serti de petits diamants et surmonté d'un symbole de l'infini, également serti de petits diamants.

Détachant ses yeux de la bague, elle regarda Boris. Il rayonnait.

— Oui ! Bien sûr que je veux t'épouser. Maintenant, lève-toi avant de te faire mal aux genoux, dit-elle en riant.

Avant de se lever, il prit la bague dans la boîte et la glissa à son doigt. Puis il jeta la boîte par-dessus son épaule et se releva pour l'embrasser.

Maintenant, ils étaient tous assis à table, reprenant leur souffle avant le dessert. Phyllis avait demandé à Sally de rester pour servir le repas, comme elle le faisait quand ils avaient des invités. Avant le dîner, pendant l'apéritif, Jackson les avait régalés avec des récits de son voyage, commentant d'innombrables photos. Avant que Sally ne parte avec la vaisselle du dîner, elle plaça un gâteau et du café sur le buffet. John apporta une bouteille de jus de pomme pétillant, des flûtes et un seau à glace.

— Vous fêtez notre départ ? plaisanta Devlin.

— Non, mon chou, Boris et moi avons une annonce à faire, dit-elle alors que John versait le jus de pomme, leur apportait à chacun un verre et plaçait la bouteille dans le seau. Phyllis le remercia et lui fit savoir que Sally et lui étaient libres de partir. Il fit une petite révérence et leur souhaita bon appétit.

Phyllis se leva et tout le monde suivit.

— En fait, nous avons deux annonces à faire. J'aurais aimé que Simon soit là, mais je le lui dirai demain, dit Phyllis.

— Cet après-midi, votre tante Phyllis a accepté ma demande en mariage, dit Boris.

Lola applaudit et Jackson poussa un cri de joie. Devlin rayonnait.

— Quelle merveilleuse nouvelle ! Puissiez-vous trouver joie et réconfort l'un en l'autre, dit-il, portant un toast aux nouveaux fiancés.

Ils trinquèrent et tout le monde se leva pour embrasser et féliciter chacun d'eux.

— Il y a autre chose, dit Phyllis. Je suis enceinte. Nous devrions accueillir un nouveau membre de la famille début mai.

Tout le monde se mit à parler en même temps. Il y eut une nouvelle tournée de félicitations.

— Quand est le mariage ? Où allez-vous vivre ? demanda Lola, excitée.

Tout le monde rit et se rassit pour savourer leur jus de pomme. Ce n'était pas aussi bon que du champagne, mais Phyllis était heureuse de s'en passer pour le moment.

— Nous n'avons pas encore décidé où nous allons vivre. Comme Boris est le Gardien de sa famille, sa résidence permanente doit être la maison familiale. Je suis sûre que nous trouverons une solution, dit Phyllis.

— Quant au mariage, ajouta Boris, votre tante voulait que tout le monde soit présent, alors nous avons décidé de le faire pendant les fêtes. La date n'a pas encore été fixée.

— Je pourrai dissimuler ma grossesse d'ici là. Mais si je continue à manger comme je le fais, Madame Beaufort aura du pain sur la planche, s'exclama Phyllis.

— Alors c'est pour ça que tu mangeais avec tant d'appétit. Je pensais que c'était à cause de Summerset, dit Devlin. Bien que mon propre appétit soit revenu à la normale après un jour ou deux.

Ils mangèrent du gâteau et burent du café tout en parlant des futurs préparatifs à faire.

— Lola, voudrais-tu être ma demoiselle d'honneur ? demanda Phyllis.

— J'adorerais. Merci ! s'exclama-t-elle. Mais je ne serai pas là pour t'aider, ajouta-t-elle, déçue.

— Mais non ! Nous pouvons avoir des réunions de planification du mariage tous les dimanches. J'embaucherai quelqu'un pour aider à l'organisation de tout ça, dit Phyllis.

C'était réglé. Jackson remercia Phyllis pour le dîner et dit qu'il avait besoin de se dégourdir les jambes. Devlin proposa de l'accompagner et ils partirent ensemble.

Boris bâilla et dit qu'il allait se coucher, car il était presque deux heures du matin pour lui. Il embrassa Lola sur la joue et lui demanda de dire bonjour à son père. Il donna un rapide baiser à Phyllis et lui dit de l'appeler le lendemain matin.

Lola et Phyllis apportèrent la vaisselle du dessert et les verres dans la cuisine pour que Sally s'en occupe le lendemain matin. Au lieu de se retirer dans la bibliothèque, elles décidèrent d'aller s'asseoir sur la véranda et de parler des thèmes du mariage et des prénoms de bébé.

CHAPITRE 43
SIMON

A près l'orientation, Phyllis, Lola et Devlin ont rencontré Simon dans son bureau.

— Joli bureau, Professeur Somin, siffla Lola avec admiration.

— Merci, Lola. Je suis très à l'aise ici, répondit-il en les invitant à s'asseoir devant la cheminée. Il faisait beaucoup plus frais à l'Académie que dans le Sud. Pas assez froid pour justifier d'allumer un feu, mais il y en avait un dans l'âtre malgré tout. Simon avait été impressionné par l'option magique d'avoir un vrai feu de bois, avec ses crépitements et tout, sans la chaleur.

— Alors, comment vous installez-vous ? demanda Phyllis.

— Merveilleusement bien. Tout le monde a été très accueillant. Lola, tu avais raison, la nourriture est divine. Cependant, je vais devoir te croire sur parole pour le café. Il n'a pas le bon goût pour un Haut Elfe. La plupart des aliments transformés ne conviennent pas à notre constitution, expliqua-t-il.

— Dommage, dit Lola.

— L'un de vous s'est-il inscrit à l'un de mes cours ? demanda Simon.

Lola secoua la tête en signe de négation et ajouta :

— Désolée, papa. Je ne suis vraiment pas une artiste.

Se tournant vers Devlin avec un regard plein d'espoir, il fut récompensé par un sourire.

— Je me suis inscrit au cours de Dessin niveau 1, dit fièrement Devlin.

Simon lui serra l'épaule.

— Et vous ? Ça a été un grand changement de retourner à vos vies humaines ? demanda-t-il.

Chacun lui fit un résumé de ce qui s'était passé depuis qu'ils l'avaient vu.

— J'ai des nouvelles, Simon. De bonnes nouvelles, dit finalement Phyllis.

Quand il apprit que sa sœur non seulement se mariait mais attendait aussi un bébé, Simon bondit, souleva sa sœur et la fit tournoyer de joie.

— Papa, fais attention, dit Lola, inquiète.

— Tu as raison, désolé. J'ai oublié que j'étais plus grand et plus fort. Ça va, Phyllis ? demanda-t-il, souriant toujours à sa petite sœur.

— Je vais bien, Simon. Merveilleusement bien, en fait. Nous célébrerons le mariage pendant les vacances pour que vous puissiez tous y assister. Le bébé ne naîtra pas avant mai. Tu pourras le ou la rencontrer quand tu rentreras pour les vacances d'été, expliqua-t-elle.

— C'est fantastique. J'ai hâte ! s'exclama Simon.

Il y avait un plateau de thé sur la table basse et il leur demanda s'ils en voulaient. Comme ils refusaient, il ajouta :

— C'est du Morning Glory !

Ils avaient tous de bons souvenirs de ce thé et décidèrent d'en faire un rituel dominical à partir de maintenant.

— Des biscuits ? demanda Lola.

— J'en ai peur que non, répondit Simon. Mais je m'assurerai d'en avoir la prochaine fois.

Ils prirent le thé et bavardèrent du semestre à venir et des préparatifs du mariage jusqu'à ce qu'il soit temps pour Phyllis de rentrer chez elle, et pour les jeunes de rejoindre leurs dortoirs.

CHAPITRE 44
DEVLIN

D evlin allait enfin pouvoir utiliser la Sphère. Les mardis et jeudis matins, il avait un cours d'une heure intitulé Voyage entre les mondes. Il s'attendait à ce que ce soit avec le directeur Lianon, mais le nom sur son emploi du temps était Elder Lawrence.

En descendant le couloir près de la salle de classe de Voyage, Devlin trouva le numéro de salle qu'il cherchait. C'était l'une des portes givrées auxquelles ils n'avaient pas pu accéder pendant le Programme d'été.

Il essaya la poignée, mais elle était verrouillée. En vérifiant sa montre, il vit qu'il n'était que cinq minutes en avance. Le professeur devait être présent. Devlin frappa et attendit. Bientôt, il fut rejoint par une autre élève. La fille se présenta comme étant Anita. Devlin se présenta à son tour et lui dit que la porte était verrouillée et qu'il avait essayé de frapper. La fille réfléchit un moment, puis essaya sa Clé dans la serrure. Ça marcha !

La porte s'ouvrit sur ce qui ressemblait à une salle de réunion. Deux autres élèves, une fille et un garçon, étaient assis à la table. Devlin et Anita s'assirent et se présentèrent aux autres.

Alors que la cloche sonnait, une porte apparut, et Elder Lawrence en sortit. Malgré son titre, il n'était pas vieux. Il semblait avoir une quarantaine d'années. Il était habillé comme un hipster et portait un sac de messager comme s'il venait d'arriver à vélo plutôt que par une porte de Voyage.

— Bonjour à tous ! Je suis Elder Lawrence, mais vous pouvez m'appeler Lawrence.

Il demanda leurs noms et fit le tour de la pièce pour leur serrer la main individuellement, en disant *Enchanté* à chacun d'entre eux. Il prit place en bout de table, ouvrit son sac de messager et en sortit quatre manuels à couverture souple qu'il fit glisser sur la table vers chacun d'entre eux.

Devlin attrapa son manuel et lut le titre : *Le Voyage entre les mondes pour les nuls : Un guide pour explorer d'autres mondes, par Lawrence Patterson*. Il n'était pas le seul à rire. Les autres élèves feuilletaient les pages du manuel, essayant de déterminer s'il s'agissait d'une blague.

— Comme vous pouvez l'imaginer, ce livre n'a pas été publié par l'Académie, ni par aucun autre éditeur réputé, dit-il, et l'une des filles gloussa. Cependant, c'est le seul programme disponible actuellement sur le sujet. Le cahier d'exercices a été testé avec la cohorte de l'année dernière de deux étudiants et a été mis à jour pour refléter leurs commentaires. Votre participation donnera probablement lieu à une édition améliorée.

Il leur demanda de se rendre à la table des matières où il exposa ce qu'ils allaient couvrir dans ce cours, et ce qui resterait pour le cours du semestre d'hiver.

— Pour les premières semaines, nous couvrirons l'histoire, l'éthique et la mécanique du Voyage entre les mondes. En novembre, nous étudierons les mondes connus et ce qui a été appris jusqu'à présent. En décembre, nous visiterons quelques-uns des plus sûrs et discuterons des avantages d'une interaction régulière avec ces mondes, expliqua-t-il.

— Le cahier d'exercices est en grande partie vide quand je tourne les pages du contenu pour le semestre d'hiver, déclara Anita.

Devlin et les autres feuilletèrent la deuxième partie du cahier d'exercices. En effet, il y avait un certain nombre de pages blanches.

— En raison d'événements récents, le Voyage entre les mondes est maintenant interdit, dit-il.

Les élèves haletèrent et protestèrent avec confusion. Lawrence leva une main pour faire taire leurs objections.

— Le Voyage entre les mondes à des fins de divertissement n'a jamais été autorisé. Si vous vous rendez à la page quatorze, vous découvrirez pourquoi le Conseil des Êtres Magiques Terrestres a donné les Sphères aux premiers Elders. Le but était d'explorer et d'acquérir des connaissances, de la même manière que les astronautes explorent la Lune, d'autres planètes et, éventuellement, d'autres galaxies.

— De plus, les premiers Elders étaient des Voyageurs sages et expérimentés. Des humains intègres à qui l'on pouvait faire confiance pour utiliser la Sphère afin d'apprendre des autres mondes et d'enregistrer leurs découvertes dans les Archives. De la même manière qu'on ne laisse pas n'importe qui aller dans l'espace ; il faut des années d'études assidues et d'entraînement pour même être considéré pour le programme spatial.

— Cependant, les Sphères ont été transmises d'Elder en Elder sans formation adéquate. Les Gardiens sont devenus Elders par défaut, et non par un processus rigoureux de sélection et de test.

— Mais maintenant, cela est sur le point de changer. La réforme est en marche. Les Hauts Elfes ont saisi toutes les Sphères restantes. Si vous êtes toujours en possession d'une Sphère familiale, cela signifie que vous avez été jugé digne d'instruction. Innocent jusqu'à preuve du contraire, pour ainsi dire, dit-il en attendant leurs réactions.

— Qui, à part nous, et vraisemblablement vous-même, a encore l'usage de ses Sphères ? demanda Lily.

— Un nouveau Haut Conseil des Elders a été établi. Il sera composé de véritables Elders, ceux qui ont été choisis par la Communauté des Voyageurs pour leur intégrité et leur contribution. Mon mentor, le Haut Elder Whittaker, possède une Sphère active. Comme il n'a pas de descendants vivants, et que je n'ai pas d'ancêtres vivants, il me forme depuis dix ans. Je prendrai sa place au Haut Conseil des Elders à sa mort.

— On m'a confié la tâche de former la prochaine génération de

Voyageurs entre les mondes. L'année dernière, deux étudiants se sont inscrits à ce cours. Au cours de l'été, on leur a donné deux options : 1- Rejoindre une équipe spéciale pour explorer et enregistrer la vie sur de Nouveaux Mondes, ou 2-Renoncer à leur Sphère et abandonner le Voyage entre les mondes.

— Vous avez de la chance. Je vais vous donner l'opportunité de choisir entre ces deux options maintenant. Si vous choisissez l'option 2, vous pouvez partir et choisir une autre option. Si vous choisissez de rester, vous aurez l'occasion de choisir à nouveau à la fin de ce trimestre, et à la fin du trimestre d'hiver. Je pense que c'est une situation gagnant-gagnant, dit-il en se levant pour les laisser en discuter entre eux.

— Juste pour être clair. On peut suivre le cours complet, sur deux trimestres, et quand même partir ? demanda Oliver.

— Exact. Si vous terminez les cours avec succès, vous recevrez des crédits comme pour n'importe quelle autre option, répondit le professeur.

Lily remercia le professeur et quitta la salle. Comme personne d'autre ne se levait, il reprit son cours.

CHAPITRE 45
LOLA

Pendant que Devlin était en cours de Saut entre les Mondes, Lola était inscrite au cours de Voyage dans le Temps, qui se tenait dans la salle de classe habituelle de Voyage. Lola était déçue de ne pas avoir Lady Samsara comme professeur, mais l'enseignante actuelle, le Professeur Ballantyne, était très cool.

La comparaison la plus proche que Lola pouvait faire pour la décrire était Amelia Earhart. Elle portait une sorte de tenue steampunk en cuir marron et en lin beige. Au lieu d'un pantalon, elle arborait une jupe approuvée par l'Académie qui lui arrivait aux genoux et de longues bottes en cuir. Ses cheveux blonds étaient coiffés en une coupe pixie désordonnée et elle ne portait ni maquillage ni bijoux. Elle ne semblait pas assez âgée pour être professeur.

Il y avait huit élèves ; l'enseignante leur a demandé de se présenter et d'expliquer à la classe pourquoi ils voulaient voyager dans le temps. Lola savait que cela devait être une question piège. Personne n'oserait répondre que c'était parce que c'était trop cool. Elle espérait ne pas être appelée en premier pour avoir le temps de formuler une réponse appropriée.

Malheureusement, Evers était le premier nom sur la liste.

— Tu dois être la fille de Simon, dit le Professeur Ballantyne.

Lola fut prise au dépourvu. C'était un fait facile à vérifier, mais Lola ne savait pas s'il y aurait des questions de suivi concernant la mort de son père ou sa nouvelle vie en tant que Haut Elfe. *Est-ce que les professeurs savent qui est Papa ?*

Lola opta pour un simple : — Oui, madame.

— C'est moi qui lui ai appris à utiliser la Montre Temporelle, expliqua-t-elle. Pourquoi veux-tu voyager dans le temps, Lola ?

Lola était encore préoccupée par l'histoire de son père et n'avait pas eu le temps de trouver une réponse, encore moins une bonne, et elle lâcha : — Parce que je le peux.

Tout le monde rit, mais le Professeur Ballantyne plissa les yeux vers elle. *Oh mon Dieu*, pensa Lola, *maintenant elle va penser que je suis une sorte de délinquante*. Elle était sur le point de s'expliquer, mais l'enseignante secoua la tête et passa à l'élève suivant. Elle avait une excellente réponse, ce qui fit se sentir Lola encore plus mal.

— Pour mieux comprendre les événements qui ont façonné ma nation, dit-elle.

Il y eut des réponses similaires pour les autres élèves. Lorsque le Professeur Ballantyne eut entendu tout le monde, elle distribua leurs manuels et leur demanda de sortir leurs cahiers. Elle expliqua la réforme sur l'utilisation des Artefacts de Voyage magiques. Les Voyageurs Temporels étaient désormais tenus de soumettre leurs plans de voyage à l'avance à leur Conseil des Anciens local, un peu comme un plan de vol. Cela visait à assurer la sécurité des Voyageurs Temporels et à éviter toute utilisation abusive des Montres Temporelles.

Bien que les Voyageurs Temporels reçoivent une instruction obligatoire à l'Académie depuis des décennies, il semblait qu'un groupe de Voyageurs mal intentionnés avait utilisé leurs montres pour tenter de changer des événements du passé et avait réussi d'une manière ou d'une autre à semer le chaos dans le continuum espace-temps. Cela n'était pas censé être possible. Leurs Montres avaient été révoquées, et une équipe indépendante d'enquêteurs interrogeait actuellement toutes les familles possédant des Montres Temporelles pour s'assurer du respect des nouvelles règles.

Le Professeur Ballantyne leur donna à chacun une copie du

programme. Lola fut surprise de voir qu'une grande partie du contenu était centrée sur la physique. Ils étudieraient également l'éthique, la psychologie et la philosophie.

— Comme vous pouvez le voir, nous ne commencerons pas à étudier la Montre, et encore moins à l'utiliser avant la fin de ce trimestre. Vous pouvez maintenant prendre un moment pour décider si vous souhaitez continuer le cours ou choisir un autre cours option-nel. Gardez à l'esprit que le niveau 1 de Voyage dans le Temps n'est proposé qu'au trimestre d'automne. Si vous choisissez de partir mainte-nant et changez d'avis, vous devrez attendre un an pour le reprendre, dit le Professeur.

Certaines filles discutèrent entre elles. Comme Lola ne connaissait personne, elle relut le programme toute seule et décida que le travail ne serait pas difficile et que le cours en vaudrait la peine.

Trois filles se levèrent, remercièrent l'enseignante et quittèrent la salle.

— Le voyage dans le temps était autrefois considéré comme de la simple science-fiction, mais la théorie de la relativité générale d'Ein-stein permet d'envisager que nous pourrions déformer l'espace-temps à tel point que vous pourriez partir dans une fusée et revenir avant votre départ, dit-elle après que la porte se fut refermée. Quelqu'un sait-il qui a dit cela ?

L'un des garçons leva la main. L'enseignante hocha la tête vers lui et il dit : — Stephen Hawking.

— C'est correct. Ouvrez à la page onze, répondit-elle et le cours commença.

LOLA ÉTAIT contente qu'elle et Tom partagent la plupart de leurs cours. Après sa conversation avec Phyllis, Lola avait envoyé un message à Tom pour lui demander de se rencontrer. Il avait proposé de venir chez elle et elle avait accepté.

Ils étaient allés s'asseoir sous le kiosque. Tom appréciait la chaleur du sud. Lola lui avait dit qu'elle l'écouterait et lui dirait ce qu'elle ressentait après qu'il aurait fini. Il avait semblé soulagé d'avoir l'occasion de s'expliquer. Au final, Lola réalisa qu'il avait été utilisé par sa mère et son oncle et que ce n'était pas du tout sa faute. Ils s'étaient embrassés, et tout était rentré dans l'ordre.

Elle lui avait demandé s'il voulait aller chercher son maillot de bain pour qu'ils puissent traîner au bord de la piscine.

— Ce serait super, mais j'ai déjà prévu quelque chose avec Keith et Lenora, dit-il.

— C'est vrai, ils sortent toujours ensemble ! Qu'aviez-vous prévu de faire ? demanda Lola.

— Rien de spécial, juste traîner chez moi, répondit-il.

— Dans ce cas, pourquoi ne pas leur demander de venir aussi ? En fait, pourquoi je n'inviterais pas toute la bande ? proposa Lola.

— Tu es sûre ? Tu ne devrais pas demander à ta tante ? suggéra-t-il.

— Nan ! Elle est cool. Et puis, la piscine est là-bas, donc on ne dérangera personne. Tant que tout le monde sait que c'est juste un moment détente à la piscine, pas une fête avec de l'alcool ou quoi que ce soit, prévint Lola.

— Pas de problème. Comme la plupart d'entre nous sont dans des pays au temps maussade, ce sera un régal. Bien sûr, certains d'entre nous pourraient avoir des problèmes pour rentrer après le couvre-feu, mais ce n'est pas ton problème !

Lola envoya le message pendant que Tom rentrait chez lui pour chercher ses affaires. Il revint plus vite que Lola ne l'aurait cru possible. Elle l'accompagna jusqu'à la piscine et lui dit qu'elle devait aller chercher son propre maillot de bain. Elle lui montra le pool-house où les gens pourraient se changer s'ils arrivaient avant elle.

Sur le chemin de la maison, elle vit que la plupart de ses amis envoyaient des messages disant qu'ils étaient excités et en route. Devlin envoya un seul emoji de monocle. Lola rit et supposa que cela signifiait qu'il venait s'assurer que tout le monde se comportait bien.

Lola alla dans sa chambre pour se changer et décida de suivre l'exemple de Devlin. Elle Voyagea jusqu'à la piscine. Voyager était tellement cool. À son arrivée, elle vit que la plupart de ses invités étaient là et qu'ils avaient apporté des en-cas : chips, sodas et bonbons !

— Vous êtes les meilleurs, dit-elle en attrapant un bâton de réglisse.

Il y eut des câlins et des tapes dans les mains. Certains s'étaient rencontrés pendant les vacances, mais pour la plupart, c'était la première fois qu'ils se retrouvaient depuis la fin du Programme d'Été. Ce qui remontait à peine à deux semaines, mais c'était une éternité à l'adolescence.

Colin trouva un système audio dans la poolhouse et brancha son téléphone pour diffuser de la musique, et la fête démarra sur les chapeaux de roues.

À un moment donné, une porte apparut et la mère de Keith surgit pour lui dire qu'il était temps de rentrer à la maison. Keith était compréhensiblement mortifié, et la plupart d'entre eux essayèrent vraiment de ne pas rire. Il eut à peine le temps d'embrasser Lenora avant que sa mère ne l'attrape par le col et ne le traîne à travers la porte.

Tout le monde était mort de rire après leur départ, mais les gens commencèrent à partir. Il était tard au Royaume-Uni et, couvre-feu ou pas, ils étaient fatigués. Ils furent assez gentils pour aider Lola et Devlin à nettoyer avant de partir. Ça avait été une super fête.

LOLA SOURIT en se remémorant la fête. Ils s'étaient bien amusés, et Lola avait appris à connaître Keith puisqu'il était dans la plupart de leurs cours.

Après sa première journée de retour à l'école, Lola comprit comment ils allaient pouvoir terminer leur dernière année de lycée en un seul semestre : plus de bachotage. Mais Tom était un bon élève et il serait son partenaire d'études cette fois. C'était un bon ami et un encore meilleur petit ami. Il lui proposait littéralement de porter ses livres quand ils allaient en cours. Bien sûr, elle refusait la plupart du temps, mais de temps en temps elle jouait la demoiselle et le laissait faire.

Dans ces moments-là, sa poitrine se gonflait comme s'il venait de la sauver d'un lion. Mais bon, si ça le rendait heureux...

Maintenant, Lola était assise dans la salle commune, regardant autour d'elle ses amis. Sara, toujours l'enthousiaste pom-pom girl. James, intelligent et réfléchi. Colin, maître des pitreries. Lenora, à l'esprit vif mais au cœur d'or. Clara, la princesse féerique. Devlin, le grand frère de tout le monde. Tom, le garçon d'à côté, et maintenant Keith, le clown de la classe.

Il y a à peine quatre mois, elle passait ses soirées à lire dans sa chambre. La plupart de ses déjeuners à l'école se passaient de la même manière, cachée près du club d'échecs car c'était là qu'elle pouvait avoir le plus de paix et de tranquillité.

Elle n'avait jamais réalisé à quel point elle avait été seule. À quel point elle voulait s'intégrer, avoir des amis, être acceptée. Elle regarda Devlin. Il riait avec les autres garçons, analysant leur dernière partie de W&W. Lui aussi avait été seul. Maintenant, ils étaient une famille.

Lenora et Clara faisaient le tour de la salle, cherchant des gens pour rejoindre le comité social et leur croisade pour prolonger le couvre-feu.

Et juste à côté de Lola se trouvait Sara, regardant Devlin avec une admiration non dissimulée. Lola donna un coup de coude à son amie et dit :

— Tu veux retourner dans la chambre et parler de garçons ?

Sara rit.

— Tu veux juste manger mes bonbons, répondit-elle.

— Tu me connais si bien, dit Lola.

Elles se levèrent, bras dessus bras dessous, et dirent bonne nuit à leurs amis. Ça allait être une super année scolaire.

ÉPILOGUE

Williamsburgh, 26 décembre 2020

C'était l'événement social de l'année. Malheureusement, c'était une affaire plutôt exclusive, car le mariage de Boris et Phyllis à l'auberge de Williamsburgh avait été limité à cent cinquante invités.

Au début, Phyllis avait voulu le célébrer à la maison, car ils pouvaient accueillir plus d'invités. Mais Boris ne voulait pas qu'elle se surmène, non seulement à cause du bébé, mais aussi parce que c'était son mariage et qu'elle devait profiter de chaque instant. De plus, comme de nombreux invités viendraient de partout dans le monde, choisir un hôtel comme lieu de réception semblait être une meilleure option. Finalement, Phyllis avait engagé leur organisatrice de mariage, Felicia, et avait laissé cette femme faire tout le travail.

Elle apportait le classeur de mariage à Lola le dimanche après-midi, et elles choisissaient parmi les éléments présélectionnés par Felicia. Cela avait été un processus sans effort et très agréable.

Alors que Lola descendait l'allée dans sa robe lilas de demoiselle d'honneur, elle souriait aux invités. Elle rencontrerait la famille de Boris pour la première fois pendant la réception. Mais du côté des Evers, elle voyait des visages familiers comme Bonnie et Jackson,

Edward Jr. et sa famille, Alderan, les amis de Phyllis de la ville, et leurs nouveaux amis, sous forme humaine, de Summerset. Tom, son cavalier pour la soirée, lui fit un clin d'œil. Il était si beau dans son smoking. Tout le monde était magnifique.

Arrivée à l'autel, qui était une arche recouverte de glycine, Lola sourit à Boris. Il était si élégant dans son costume gris pâle et son nœud papillon lilas. À côté de lui se tenait son fils et témoin, Aleksei. Aleksei était marié à Galeena, assise au premier rang avec le bébé Anton sur ses genoux. Leur fille, Anoushka, alias la demoiselle d'honneur, avait précédé Lola dans l'allée avec un panier de pétales de roses violettes.

L'assemblée se retourna au son d'un carrosse qui approchait. Le cocher stabilisa les chevaux et ouvrit la porte du carrosse.

Devlin tendit la main à Phyllis et l'aida à descendre les marches. La marche nuptiale commença, et tout le monde se leva pour les regarder avancer dans l'allée. Une fois qu'il eut conduit Phyllis à Boris, Devlin l'embrassa sur la joue et alla s'asseoir à côté d'Aeriearie, sa cavalière pour la soirée. Lui et Sara apprenaient encore à se connaître. Et comme Aeriearie connaissait Phyllis alors que Sara ne l'avait rencontrée qu'en passant, elle avait semblé être un meilleur choix.

Phyllis donna son bouquet à Lola et prit les mains de Boris tandis qu'ils faisaient face à l'officiant. C'était un homme grand, portant des robes inhabituelles gris argenté, et arborant de très longs cheveux blonds. Simon rayonna vers Boris et Phyllis et demanda à l'assemblée de s'asseoir.

Ils avaient débattu sur la façon d'inclure Simon dans la cérémonie tout en invitant des invités non-Voyageurs. Finalement, c'est Alderan qui avait suggéré que Simon vienne sous sa *nouvelle* forme. Lors de visites de moins d'une journée, les Hauts Elfes n'étaient pas tenus de prendre forme humaine. Ils pouvaient aussi dissimuler leur apparence elfique pour se fondre dans la masse. Ainsi, Simon n'avait pas d'oreilles pointues et était plus petit, bien que toujours plus grand que la plupart des invités. Il avait tout à fait l'air d'un Druide, ce que la plupart des invités ont pris avec philosophie. Beaucoup de gens engageaient maintenant des officiants de mariage en cosplay pour des cérémonies non confessionnelles.

Comme c'était le lendemain de Noël, ils avaient opté pour un thème festif d'argent et de violet. Ils avaient gardé les sapins de Noël et autres décorations, ne changeant que celles qui ne correspondaient pas au jeu de couleurs. Le résultat était vraiment magique, comme si toute la journée était touchée par des guirlandes.

Bien que la cérémonie et les cocktails aient eu lieu à l'extérieur, la réception était à l'intérieur. Pendant que les mariés étaient occupés avec les photos, les invités se promenaient dans les jardins magnifiquement entretenus, sirotant du champagne et mangeant des hors-d'œuvre.

Felicia organisa la ligne de réception, lança la musique, et les invités acclamèrent les jeunes mariés lorsqu'ils entrèrent dans la salle de réception pour le festin de mariage à cinq plats. Lola et Devlin étaient assis à la table principale pour le dîner, avec Boris et Phyllis et Aleksei et sa femme. Ils avaient engagé une nounou pour s'occuper des enfants, qui étaient confortablement installés dans leur chambre pour la soirée.

Tom, Aeriearie, Bonnie et Jackson étaient assis avec Matthew et Sheila Maxwell et la fille de Boris, Marina, et son fiancé. C'était un bon mélange, et ils semblaient bien s'amuser ensemble.

Quand vint le moment des toasts, Lola sortit ses fiches de son sac à main. Ils avaient convenu qu'Aleksei passerait en premier. Lola prit de profondes respirations tout en gardant un visage neutre et en écoutant le discours du témoin. Quand ce fut son tour, elle s'approcha du micro.

— Bonsoir à tous. J'espère que vous vous amusez bien, commença-t-elle en entendant ses amis l'encourager. Elle entendit aussi Devlin dans son esprit, lui disant qu'elle pouvait le faire. Il savait qu'elle était nerveuse.

— J'aimerais remercier Felicia d'avoir fait de cet événement un moment inoubliable ainsi que tous les invités qui sont venus de loin et qui sont probablement très fatigués à cause du décalage horaire. Merci à tous d'avoir fait le voyage.

— Comme la plupart d'entre vous le savent, je suis la nièce de Phyllis. Je ne l'ai rencontrée qu'en juin dernier quand ma mère est décédée. Non seulement Phyllis m'a ouvert sa maison, mais elle m'a aussi ouvert son cœur. Elle est devenue une seconde mère pour moi, et je ne sais pas où je serais sans elle.

— La première fois que j'ai rencontré Boris, il nous a aidées dans une situation délicate, sans poser de questions. Sa priorité était de s'assurer que Phyllis et toute personne liée à elle étaient en sécurité. Je me souviendrai toujours de lui comme quelqu'un de fiable, loyal et, si je peux me permettre un terme désuet : plein de classe.

Un bruissement de rires parcourut l'assemblée.

— Chaque fois que je vois Phyllis et Boris ensemble, je vois la façon dont ils se regardent. Ils ne sont pas comme des amoureux transis ou infatués, mais comme de vrais amis, des partenaires d'âme et un modèle de bonheur conjugal. J'espère pouvoir trouver quelqu'un avec qui vivre cela un jour.

— Un grand poète a écrit un jour ces lignes magnifiques sur l'amour :

« *Vous savez que vous êtes amoureux quand vous ne pouvez pas vous endormir parce que la réalité est enfin meilleure que vos rêves.* » Dr. Seuss.

— Levons tous nos verres à la mariée et au marié et souhaitons-leur une vie remplie d'amour et de joie !

Lola leva son verre, et tout le monde se leva.

— Aux mariés ! dit-elle, et un écho résonna dans la salle. Malgré les demandes contraires, les gens commencèrent à taper sur leurs verres de vin pour un baiser. Boris et Phyllis rirent et les satisfirent avec un baiser passionné. Il y eut des huées et des sifflets.

Une fois les toasts terminés, les jeux commencèrent. Le but des jeux était de permettre au personnel de service de débarrasser les assiettes du plat principal et de servir le plat suivant.

Une fois le dîner terminé, la danse commença. Lola était ravie de danser avec son père, même s'il ressemblait à un Haut Elfe. Elle dansa bien sûr avec Tom, mais aussi avec son frère et Jackson. Elle pensait que danser avec Jackson pourrait être gênant, mais ils étaient suffisamment bons amis pour que ce ne soit pas du tout le cas. Tom la taquina en disant qu'il était jaloux et Lola lui donna une tape sur le bras.

Elle dansa avec Boris ; il faillit la faire pleurer. — Tu sais, Lola, toi et moi sommes maintenant une famille. Je sais que ton père est tout près, mais considère-moi comme tu le ferais d'un beau-père. Je serai toujours là pour toi, et ton bien-être et ton bonheur font partie de mes priorités.

Elle était si émue qu'elle ne put que le serrer fort dans ses bras et l'embrasser sur la joue.

Bientôt, il fut temps de couper le gâteau et de lancer le bouquet. Vers 22 heures, certains des invités plus âgés dirent bonne nuit et se retirèrent dans leurs chambres ou rentrèrent chez eux s'ils étaient du coin.

À minuit, les mariés avaient mis fin à leur soirée, et seuls les moins de vingt ans étaient encore sur la piste de danse. Le groupe et le DJ s'excusèrent et commencèrent à ranger, les lumières s'éteignaient, et Lola fut surprise d'être restée debout si tard.

Elle s'assura que personne n'avait laissé d'effets personnels importants à la table d'honneur. Alors qu'elle se dirigeait vers l'endroit où Devlin et Tom étaient affalés sur des fauteuils, un serveur s'arrêta pour lui remettre une enveloppe. On pouvait y lire *Lola*. Pensant que les garçons ne pouvaient pas s'attirer plus d'ennuis, elle sortit de la salle et se rendit dans les jardins pour se tenir sous un lampadaire.

C'était une lettre, et l'écriture lui semblait familière.

Chère Lola,

J'ai écrit cette lettre et l'ai envoyée à ta tante Phyllis en Virginie avec pour instruction d'attendre que tu sois de nouveau sur pied avant de te la donner.

Au moment où j'écris ces lignes, tu es en train d'étudier pour un contrôle de sciences, comme d'habitude. Je sais que tu t'inquiètes pour moi, mais tu continues à donner le meilleur de toi-même à l'école parce que tu sais à quel point les bonnes notes sont importantes pour moi. Tu as toujours été une battante.

Je sais que j'ai été dure avec toi, attendant toujours

le meilleur, te poussant à faire mieux. Et si j'ai donné l'impression de ne pas être fière de toi, rien ne pourrait être plus éloigné de la vérité. Tu as tellement de talent et de potentiel brut que je ne veux pas te voir le gaspiller. Tu es une bonne personne et une travailleuse acharnée. Je sais que tu iras loin dans la vie. J'espère, plus loin que moi.

J'ai fait de mon mieux pour t'offrir un foyer sûr et stable. J'aurais aimé que tu grandisses avec deux parents. Mais même si ton père avait vécu, vivre avec lui n'aurait été ni sûr ni stable. Ne te méprends pas, ton père était brillant. Il était drôle, magnifique et très talentueux. Mais il n'avait pas d'objectifs, pas de but dans la vie. Dieu sait que je l'aimais, mais ce n'était pas fait pour durer.

J'espère que tu trouveras un peu de bonheur avec Phyllis. D'après ce dont je me souviens, elle était un peu tête en l'air, mais elle aimait férocement son frère et je sais qu'elle prendra bien soin de toi.

J'espère qu'à présent tu m'as pardonné d'être morte et d'avoir bouleversé toute ta vie.

Je sais à quel point tu as toujours aimé Dr. Seuss, alors je te laisse avec une citation :

« Ne pleure pas parce que c'est fini. Souris parce que c'est arrivé. »

Je t'aime,
Maman

Lola sentit une main sur son épaule et leva les yeux. C'était son père. Voyant ses larmes, il lui demanda ce qui n'allait pas. Elle lui donna la lettre, et il la lut.

Il sourit, il pleura, et il rit. Probablement à propos du passage sur Phyllis étant tête en l'air. Il plia la lettre et la rendit à Lola. Il tendit son bras, et Lola le prit.

— Ça te dérange si je te borde avant de partir ? demanda-t-il.

Lola sourit et s'en alla dans la nuit avec son père.

Fin

Si vous avez apprécié ce livre, merci de laisser un avis sur Amazon ou Goodreads. Les avis m'aident à atteindre de nouveaux lecteurs.

Lisez Mage de sang, le premier livre de la trilogie *Magie de Sang*, où l'histoire se poursuit du point de vue de Tom !

Rejoignez ma Newsletter pour des mises à jour sur mes écrits, des promotions et des cadeaux !

À PROPOS DE L'AUTEURE

Des histoires positives et inspirantes.

Marie-Hélène vit à Sherbrooke, au Québec. Enseignante à la retraite, elle consacre désormais ses journées à l'écriture et à la promotion de ses oeuvres. Elle aime lire, voyager et aller à la plage. Chaque année, elle part un mois en solo vers une nouvelle partie du monde.
www.mhlebeault.com

Suivez-la sur les réseaux sociaux !

facebook.com/mhlebeaultauthor
x.com/mhlebeault
instagram.com/mhlebeault
amazon.com/author/mhlebeault
bookbub.com/authors/marie-helene-lebeault
goodreads.com/mhlebeault
linkedin.com/in/mhlebeault
tiktok.com/@mhlebeaultauthor

Autres Livres de l'Auteure

La série Evers - Littérature jeunesse fantastique

La clé des ancêtres

L'académie

La marcheuse du temps

Le voyageur des mondes

Magie de sang - Littérature jeunesse fantastique

Mage de sang

Magie de sang

Héritage de sang

Il était une malédiction - Romance fantastique

Une malédiction de neige et de cendres

Une malédiction d'épines et de torpeur

Une malédiction de verre et d'ombres

Une malédiction d'argent et de blessures

Hors série

Les douze vies de Clare - Réalisme magique

Utopie - Science fiction

Chroniques des cadets interstellaires - Science fiction

Frisson nocturenes - Horreur léger

Défenseurs du Royaume - Littérature jeunesse fantastique

Le combat de la flamme sacrée (Gratuit)

Traduction des 11 tomes prévue pour 2026

Université du Pôle Nord - Romance Paranormale

Métamorphes de Noël

Cœur de givre

Baiser de lumière

Maléfice d'hiver

Regard de feu

Fée grand-mère - Albums jeunesse pour les 3 à 7 ans

Mimi visite l'Antarctique

Mimi visite le Pôle Nord

Mimi visite la Chine

Mimi visite l'Afrique